KB119700

어서 와, 연애는 처음이지?

연애 좀 해본 언니가 알려주는 단기간에 연애고수로 거듭나는 법

# 어서 와, 연애는 처음이지?

장해정 지음

예담

# 별것을 다 배운다고?

상담을 하다 보면 가장 많이 듣는 말이 "연애마저도 배워야 해요?"입니다. 그리고 곧장 이런 질문이 이어지죠. "그러면 연애를 어떻게 하면 되는데요?"

어쩌면 이 책은 위의 두 질문에 대한 대답이라고 할 수 있습니다. 연애를 어떻게 시작해야 하는지, 왜 필요한 건지, 어떤 식으로 진행하고 유지해야 하는지……. 아니, 좀 더 솔직히 말하면, 이 책은 연애의 방법을 알려주고 있지 않습니다. 오히려 사랑이란 감정을 둘러싸고 일어나는 변화와 커뮤니케이션의 모든 것을 알려준다고 하는 편이 맞겠네요.

저는 제가 좋아하는 것을 다른 사람이랑 같이 나누는 것을 좋아합니다. 흔한 말로 '오지라퍼'라고 하죠. 남의 연애에 관심도 많고, 뭔가 해결해주려는 오지랖 지수가 굉장히 높은 사람입니다. 연애상담을 해주고 강의를 하게 된 것도 그런 오지랖력으로 시작했어요. 여러 차례의 실패를 통해서 알게 된 나만의 연애 비기들을 공유하고 싶어요. 나 말고 너도 이것 덕분에 행복해졌으

▲▲▲▲▲▲▲▲▲▲▲▲▲▲▲▲▲▲▲▲▲▲▲▲▲▲▲▲▲▲▲▲▲▲▲▲▲

♥♥♥♥♥♥♥♥♥♥♥♥♥♥♥♥♥♥♥♥♥♥♥♥♥♥♥♥♥♥♥♥♥♥♥♥♥♥♥

면 좋겠다, 하는 게 제 맘입니다. 그래서 이 책은 제 실패담이 주를 이룹니다.

저는 타고난 연애위인이 아닙니다. 그리고 수많은 실패를 경험했죠. 연애세포가 말라비틀어진 경험도 있고, 망친 연애 때문에 이불킥을 수십 번 하기도 하고요. 그런데 말입니다. 연애도 공부처럼 실패를 거듭하다 보니 얻어지는 것들이 있더군요. '모범연애'라는 것은 없음을 깨닫게 되었죠. 내가 원하는 이상형을 만나서, 내가 원하는 연애스타일대로 하는 것이 진짜 내가 행복해지는 길이었습니다.

제대로 된 커뮤니케이션은 일단 내 의견을 남에게 정확하게 전달하는 것에서부터 시작합니다. 연애도 마찬가지죠. 내 감정을 정확한 시기에 적절하게 전달하는 것. 그것도 상대가 기분 좋게 알아들을 수 있도록! 그러려면 우선 내 스타일도 알아야 하고 상대의 스타일도 알아야 합니다. 그 두 스타일이 부딪히며 만들어내는 수많은 화학작용에 지혜롭게 반응할 줄도 알아야 하고요. 전방위적 감정 기반 커뮤니케이션인 셈입니다. 그 어떤 것보다 우리를 행복하게 만들어주는! 그러니, 한번 들어보세요. 행복한 연애를 할 수 있는 방법을 말입니다.

장해정

▲▲▲▲▲▲▲▲▲▲▲▲▲▲▲▲▲▲▲▲▲▲▲▲▲▲▲▲▲▲▲▲▲▲▲▲▲▲▲

CONTENTS ♥ ♥ ♥ ♥ ♥ ♥ ♥ ♥ ♥ ♥ ♥ ♥ ♥ ♥ ♥ ♥ ♥ ♥ ♥ ♥ ♥ ♥ ♥ ♥ ♥ ♥ ♥ ♥ ♥ ♥

♠ ♠ ♠ ♠ ♠ ♠ ♠ ♠ ♠ ♠ ♠ ♠ ♠ ♠ ♠ ♠ ♠ ♠ ♠ ♠ ♠ ♠ ♠ ♠ ♠ ♠ ♠ ♠ ♠ ♠ ♠ ♠

♥♥♥♥♥♥♥♥♥♥♥♥♥♥♥♥♥♥♥♥♥♥♥♥♥♥♥♥♥♥♥♥♥♥♥♥♥♥♥♥

▲♥▲♥▲♥▲♥▲♥▲♥▲♥▲♥▲♥▲♥▲♥▲♥▲♥▲♥▲♥▲♥▲♥▲♥▲♥▲

# 그 남자의 사정:
# 그녀는 나를 보고 웃지

Intro 1

> 누나, 오랜만입니다. 잘 지내셨죠?    동수

해정 어머, 동수야.
오랜만이야! 잘 지냈어?

해정

> 네~ 그럭저럭!
> 근데 누나, 서 요즘 고민이
> 있는데 들어주실 수 있나요?    동수

> 제가 요즘 썸 타는 애가 있거든요?
> 그런데 뭐가 문젠지 매번 대화가 끊겨요.
> 저는 노력한다고 하는데 잘 안 돼요.    동수

해정 음... 그래? 어떻게 알게 된 친군데?

> 토익 스터디에서 만났어요.
> 단체 톡방에서는 제 얘기에 호응도
> 잘해주는 것 같은데 개인톡에선
> 얘기가 이어지지 않아요.    동수

해정 그 여자애한테 빙의해서 얘기하자면
"너 귀찮으니까 연락하지 마!!!"

10

헐~ ㅠㅠ  동수

그래도 제 톡에 대답도 잘해주고,  동수
만나면 웃으면서 얘기도 잘하거든요.

해정 여자들이란 말이다.
어이없어도 웃고 욕하면서도 웃을 수 있단다.
복화술하면서도 웃을 수 있어!

왜요? 설마 어장관리하는 걸까요?  동수
여자애들 마음은 정말 하나도 모르겠어요.
이번엔 정말 좀 통했다 싶었는데.
연애는 포기해야 할까 봐요.

해정 연애 잘하는 DNA 가지고 태어난 사람이
어딨니? 자신감부터 가져야겠음둥!

그래도  동수
연애 너무 어려워요.
모르겠어요.

저 진짜 노력 많이 했거든요?  동수
요즘 여자애들이 남자 보는
눈이 너무 높은 것 같아요.

해정 지금 네게 필요한 건 연답정!
연애의 답은 정해져 있다!
자, 하나하나 알려주마. 따라와!

동수

그 남자, 그 여자의 사정

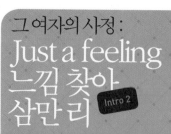

## 그 여자의 사정 :
# Just a feeling
# 느낌 찾아
# 삼만 리 Intro 2

Hi

언니~♡  수정

해정 | 오랜만이네?

부끄 부끄

잘 지내시죵?  수정

해정 | 지난달인가?
너 소개팅한다고 얘기 들은 게
마지막이지, 아마?

아, 그 소개팅요? ㅋㅋㅋㅋ
언니 그게요~ 안 그래도
그것 때문에 상담 좀 하려고요.  수정

허허

해정 | 말해봐.

만나긴 만났는데~ 잘 모르겠어요.  수정

동아리 선배가 괜찮은 친구라며 소개해줬는데,
사진으로 봤을 땐 남자답고 괜찮아 보였거든요.
그런데 실제로 만나보니 별로더라고요.  수정

해정 | 아예 꽝이야?

그건 또 아니에요. 학교나 성격은
괜찮은 것 같아요. ○○대학교 다니고
성격도 남자답고 리더십도 있는 듯하고요.
여태 몰랐는데, 제가 좀 얼굴을 보나봐요.
ㅋㅋ 피부가 까맣고 여드름이 많더라고요.
에이~ 몰라요. 그냥 다 모르겠어요.  수정

해정 ▷ 오히려 괜찮은 편에 속하는 것 같은데?

네, 그런가 봐요.
은근 좋아하는 애들도 있는 것 같거든요.
문제는 제가 안 끌린다는 거죠. ㅠㅠ ◁ 수정

해정 ▷ 걱정 마. 너 이상한 거 아니야.
굉장히 전형적인 케이스인데, 뭐.
예전에 나도 그랬어.

이제 진짜 남자친구 사귀고 싶어요. ◁ 수정

해정 ▷ 그래그래. 그럼, 그 소개팅남이랑
몇 번 더 만나보는 건 어때?

그러다 덜컥 사귀자고 하면 어떡해요? ◁ 수정
남자들은 사귀지 않을 거면서
그냥 몇 번 만나는 거 나쁘다고
생각하는 것 같더라고요.

해정 ▷ 김칫국부터 마시지 마. 남자가 고백한 것도 아닌데,
벌써 사귀자고 할까 봐 걱정하는 거야?

네? ◁ 수정

해정 ▷ 상대방은 아직 신발 끈도 안 맸는데
혼자 100미터 달려서 골인한 거나 마찬가지잖아.
섣부르게 굴지 말자고!

해정 ▷ 내 말이 맞나 안 맞나 확인해볼텨?

연애 오지라퍼의 초대 :
# 씹고 뜯고
# 맛보는 연애
Intro 3

해정 <자~ 인사해ㅆㅆ>

해정 <동수는 21세, ○○대학교 기계공학과고,
수정이는 21세, ○○대학교 교육학과야.
둘이 동갑이네.>

Hi

안녕하세요.  수정

안녕하세요. :)  동수

해정 <어서 와, 연애는 처음이지?
연애 왕초보님들 환영~ 환영^ㅆ>

수정

동수

해정 <지금 모태솔로라고 평생 연애 못하리란 법은 없어.
근데! 지금 노력 안 하면 평생 이대로 쭉~
연애 왕초보로 끝날 수도 있단다.>

동수

수정

하하하

해정 <나 믿지?
핑크빛 연애가 뭔지
알게 해줄게.>

내 소개를 할 것 같으면 자타공인 연애 오지라퍼다. 남 연애에 간섭질한 지 만 10년이 넘었다. 내 연애하기에도 바빠 죽겠는데 웬 간섭질이냐고? 니 연애나 잘하라고? 맞는 말이다.

내 연애 잘하고 있어서, 정말 행복한 연애가 뭔지 알게 되어서 간섭하는 거다. 어떻게 해야 자신이 원하는 연애를 할 수 있는지 나는 알고 있으니까.

내가 처음부터 연애에 적합한 유전자를 타고난 인간이라면 아마 내 간섭질은 공감을 얻지 못했을 거라고 장담한다. 그러나 나는 태생이 연애하수, 모쏠, 찌질이였다는 불편한 진실을 가지고 있다.

그뿐만이 아니다. 자존심만 세고 자존감은 낮아서 '연애 그까짓 것'이라고 대수롭지 않게 치부하면서도 한편으론 상처 때문에 하악질하던 흑역사를 가진 중생이었다. 고난과 상처투성이 연애만 있을 것 같았고 남자란 다 똑같다며 아무도 믿지 못하던 때도 있었다. 그래도 사실은, 정말 사랑받고 싶고 행복한 연애를 하고 싶었다. 그래서 포기하지 않았다. 어딘가 내 반쪽이 있을 거라고 믿었다.

그래서 말할 수 있다. 포기하지 마라. 비참한 거 알고 힘든 거

♥♥♥♥♥♥♥♥♥♥♥♥♥♥♥♥♥♥♥♥♥♥♥♥♥♥♥♥♥♥♥♥♥♥♥♥♥♥♥♥♥

다 안다. 삼포세대, 오포세대, 칠포세대를 넘어 N포세대가 되어
버린 현실이지만, 그래도 연애는 어떤 상황이 닥치더라도 절대
포기하지 말아야 할 소중한 가치다. 사랑은 바닥을 치는 순간 우
리를 일어서게 하는 힘이며, 추운 이불 속에서도 우리를 미소 짓
게 만든다. 모르겠다고? 그럼 한번 해봐.

세상에 포기할 게 얼마나 많은데 연애까지 포기하려고? 억울
하지 않은가?

연애를 글로 배운다고 우습게 여기지 마라. 당신은 연애를 위
해 단 한 번이라도 최선을 다해 노력해보았는가? 같잖은 자존심
지키기에 급급하다 선톡 몇 번 하고, 데이트 신청했다가 거절당
했다고 세상이 무너진 것처럼 굴진 않았나?

세상에서 제일 중요한 건 세계평화도, 국가발전도 아니고 바
로 '나의 행복'이다. 연애를 하면 행복이란 게 무엇인지 깨닫게
된다. 결혼? 출산? 그런 게 걱정이라고? 아직 연애는 시작도 못
했는데 너무 많이 나간 것 아닌가. 먼저 연애가 뭔지 맛이나 보
고 얘기하자. 연애를 어떻게 씹고 뜯고 맛보고 즐길 수 있는지
차근차근 단계별 학습을 통해 배워보자.

"사랑을 하면 세상이 달라지나요?" "하늘이 핑크빛으로 보이
나요?"

▲▲▲▲▲▲▲▲▲▲▲▲▲▲▲▲▲▲▲▲▲▲▲▲▲▲▲▲▲▲▲▲▲▲▲▲▲▲▲▲▲

♥ ♥ ♥ ♥ ♥ ♥ ♥ ♥ ♥ ♥ ♥ ♥ ♥ ♥ ♥ ♥ ♥ ♥ ♥ ♥ ♥ ♥ ♥ ♥ ♥ ♥ ♥ ♥ ♥ ♥ ♥ ♥ ♥ ♥ ♥ ♥

이런 것들이 궁금하면 해보면 된다. 뭐, 어렵나? 수능보다 쉬운 연애학습.

어서 와, 연애는 처음이지?

▲ ▲ ▲ ▲ ▲ ▲ ▲ ▲ ▲ ▲ ▲ ▲ ▲ ▲ ▲ ▲ ▲ ▲ ▲ ▲ ▲ ▲ ▲ ▲ ▲ ▲ ▲ ▲ ▲ ▲ ▲ ▲ ▲ ▲ ▲

# Part 1

# 스릴 최강 권력게임, 연애

성공적인 연애와 취업은 모두 자기 자신을 아는 데서 시작한다.
좋아하는 마음만으로는 연애에 성공할 수 없다.
내가 가진 무기가 무엇인지를 먼저 안 후 상대를 파악해야
이기는 게임을 할 수 있다.

# 사랑이 뭔가요?

## Chapter 1

해정 뭔데?

누나, 나 질문! 동수

대체 사랑이 뭔가요? 동수

난 먹는 거라 생각해. 수정

솔직히 사랑한다고
돈이고 명예고
다 포기할 수 있는 것.
그건 영화나 드라마에서만
가능한 거 아님? 동수

현실에 없으니까 수정
꿈꾸는 거겠지.
아아, 해보고 싶다.
그런 사랑~♡

해정 사랑이라... 하아~
사람을 존속하게 하고
사람을 살게 하고
사람을 죽게 하고
그리고 결국에는 사람을
사람답게 만드는 것이지.

우오오오오~ 동수
그럼 전 사랑을 못해서
사람답게 못 살고
있는 건가요?

사람이고 싶다! 동수
사랑하고 싶다!

20

수정 사실 저는 안 해본 거라 해보고 싶긴 한데, 어떤 느낌일지 상상이 안 가요.

해정 좋아하는 느낌은 어떤데?

동수 음... 없으면 보고 싶고 보고 있어도 보고 싶고 두근거리고... 그런데 사랑이라는 확신이 든 적은 없어요.

해정 부모님도 그래?

동수 부모님과는 좀 다르지 않나요? 뭔가 사랑의 종류가 다를 것 같은데...

수정 같지 않을까? 사랑이 다를 게 뭐가 있겠어?

동수 사실 사랑이라는 게 사람이 할 수 있는 감정의 최대 표현인 거 같아서 함부로 할 수 없는 것 같아요. 언제까지 얼마만큼 좋아할지도 알 수 없고.

수정 없으면 죽을 것 같은... 그게 사랑 아닐까요?

해정 좋아하다와 사랑하다를 무 자르듯 구분할 수 있는 건 아닌 듯. 뭐랄까... 사랑은 가랑비야.

해정 처음엔 젖는 줄 몰라. 정말 오는 듯 마는 듯 내리잖아. 그런데 시간이 지나면 홀딱 젖게 돼. 사랑도 그래. 처음엔 이게 사랑인 줄 모르지만 시간이 지나면 이미 사랑에 홀딱 빠진 후라는 거지. ㅋㅋ

**설교** 　　　1 더하기 1이 2라고 확신할 수 있을까? 우리가 배운
　　　일반 수학에서는 1 더하기 1은 2가 맞다. 하지만 이 숫
자가 정수의 개념이 아닌 다른 개념을 품게 되면 1 더하기 1은 2
가 아닐 수도 있다.

### 연애에는 정답도 오답도 없다

왜 그런지 알아볼까? 예를 들어 1.6 더하기 1.6에서 소수점 아
래를 생략하고 더하면 2가 되지만 반올림을 한 채 더하면 4가
되는 것처럼 말이다. 1 뒤에 찍힌 점, 그 뒤에 존재하는 숫자를
인정하느냐 아니면 무시하느냐에 따라 답이 달라지는 것이다.
절대 불변일 것이라 믿었던 숫자도 이럴진대 자로 잴 수도, 저울
로 달 수도 없는 사람 마음이야 오죽할까.

그래서 연애에는 정답이 없다. 지구에 60억 명의 사람이 있다
면 60억 가지의 사랑이 존재한다. 사랑은 누군가에게는 하룻밤
불장난이고, 누군가에게는 목숨을 걸 만큼 가치가 있는 것이다.
세상에 똑같은 사랑은 단 하나도 없다.

만일 연애에 어떤 정답이 있다면 지금 이 책은 존재하지도 않
을 것이다. 단순히 정답만 외우면 되지 뭐 하러 고민하고 공부하
겠는가. 수많은 연애서적이 쏟아지고 자칭타칭 다수의 연애고

수들이 나와 연애에 대해 저마다 한마디씩 떠들 수 있는 건 세상에 수많은 연애 스타일이 있기 때문이다. 그래서 이렇게 사랑한들, 저렇게 사랑한들 틀린 것은 없다.

### 사랑도 연애도 일종의 권력게임이다

사랑과 연애의 차이? 그런 건 없다. 요즘 연애는 일종의 놀이 같다. 서로 그럴싸한 사람끼리 연인이라 칭하는 놀이. 그리고 사랑이라는 건 더 위대하고 숭고한 무언가일 거라고 여긴다. 그런데 그런 거 없다. 어떤 사랑이 더 나아 보이는 것? 그건 너의 취향일 뿐, 정답이 아니다. 사랑같이 가치평가가 다양하게 이뤄지는 것을 하나의 속성으로 평가하려는 것, 이건 마치 달을 보며 달이 평면이구나 생각하는 것과 다를 바 없다. 우리가 보는 달은 평면이지만 진짜 달은 3D 입체구이다.

한편 다른 각도에서 연애를 정의내리면 권력게임이라 할 수 있겠다. 마음을 나누는 행위인 연애에서조차 권력이라니……. 슬프겠지만 사실이다.

툭 까놓고 말해 더 좋아하는 사람이 지는 게임이 바로 연애다. 그렇기 때문에 연애가 권력게임이라는 본질을 보지 못하고 하늘에서 내려주는 신성한 계시쯤으로 여기는 사람들은 철저하게 올로 남겨지거나 이 게임에서 소외될 수밖에 없다. 권력은 어떤 일을 하거나 어떤 영향을 미치는 등 사람이나 사물에게 작용을 가하는 능력이자 힘이다. 권력싸움에 도덕적 윤리나 사회적 통념은 불필요하다. 연애를 도 닦는 것으로 착각하는 사람은 빨리 현실 세계로 돌아와야 한다. 지금까지 당신의 연애가 망한 이유는 지극히 비현실적인 연애관 때문일 수도 있다.

진짜 못생긴 애들한테 끊임없이 애인이 생긴다면 그 사람은 자신의 필살 매력을 무기로 기막힌 전략을 가지고 권력게임을 즐기고 있는 것이 분명하다.

이쯤 되면 어디선가 한 사람쯤 "지금까지 연애 안 하고 잘 살았는데 뭐, 그냥 살던 대로 살래요"라고 방어막을 치려 할지도 모른다. 뭐, 스스로 그런 선택을 한 것이라면 더 할 말은 없다. 하지만 분명하게 얘기할 수 있는 건 연애를 하고 하지 않고의 차이는 달의 한 면만 보느냐 360도를 다 보느냐의 차이만큼이나 크다는 점이다.

**사랑은 자기 틀을 깨는 일이며, 더 넓은 세상을 알게 해준다**

지금까지의 삶이 당신 인생의 전부가 아니다. 만약 당신이 연애를, 사랑을 경험해보지 않았다면 그것은 지극히 작은 부분에 지나지 않는다. 보다 넓은 세상을, 훨씬 다양한 감정을 경험할 수 있는 길이 바로 연애, 사랑이다. 새로운 세상과 감정을 경험하려면 지금까지의 삶에서 벗어나려고 노력해야 한다. 마치 새가 알을 깨고 나오듯이.

사랑은 고두필이다. go, 가라. do, 해라. feel, 느껴라. 생각하지 말고 지금 그냥 나가서 사랑을 직접 해보고 몸으로 느껴보란 말이다. 하루 종일 머릿속으로 사랑이 뭘까 생각해봤자 답은 안 나온다. 내가 답을 말해줘도 그건 내 경험과 삶 속에서 얻은 답일 뿐, 당신의 답은 아니다. 연애 우등생은 생각을 비우고 닥치는 대로 들이대는 사람이다.

복음말씀
사랑은
고두필!

# 연애로 자기개발하는 여자

Chapter 2

연애, 꼭 해야 해요? 동수

안 그래도 할 거 많은데
연애까지 애쓰면서
할 필요 있나 싶어서... 동수

해정

해정 > 무슨 소리!
연애는 무조건 플러스야.
난 연애로 인생역전했어.

어떻게요? 수정

오오~~ 동수

해정 나는 학교 다닐 때 전설이었음.
대외활동 30개.
대외활동계의 대모였음.

대박 수정

해정 근데 나 뭐 했는지 기억 안 나.
맨날 술만 먹어서 ㅋㅋ

헉;;;;; 30개;;;;; 동수

엥? ㅋㅋㅋㅋ 동수

악ㅋㅋㅋㅋ 뭐예여~ 수정

해정 나 여대 나왔잖아.
사실은 남자 만나려고
대외활동했지.

헐... 수정

동수

해정 근데 시작도 남자였고
그 끝도 남자였지.
수많은 경험과
아름다운 가치관이여~

으엑!! 라임 쩔어요. ㅋㅋㅋㅋ 수정

근데 뭐가 남았어요? 동수

해정 뭐, 각종 대외활동하면서
자기소개서 쓰는 법이랑 면접 보는 법은
절로 익힌 것 같아. 어떻게 해야
합격하는지 하다 보면 딱 각이 나오거든.
그리고 다른 사람에게 잘 보이기 위해
내가 어떤 사람인지 알아내려고
나름 고민도 많이 했고.

그래서 남자 많이 만났어요? 수정

해정 말이라고 하냐?
한 번에 5명씩 착착
어장관리하면서 만났지.

하하하

물 좋았어요? 동수

해정 당근. 대외활동 자체가 이미 면접이나 서류로
한 번 걸러진 애들이잖아. 나랑 취미나
관심사도 같고... 그러니까 아주 재미져.

ㅋㅋㅋㅋ 수정

해정 그런데 대박은 따로 있어.

뭔데요? 수정

뜨악!

동수

해정 내가 아나운서 된 거, 남자 때문임.

노래를 잘하는 여자가 있었다. 만날 무대 뒤에서 다른 가수 대신 노래 부르던 여자. 그녀는 너무 뚱뚱했고 그래서 좋아하는 남자 앞에 선뜻 나서지도 못했다. 그러다 전신 성형을 하고 남자를 얻는 듯했으나, 그 남자가 정말 좋아했던 건 뚱뚱했던 자신의 진정성 있는 목소리였다는 사실을 깨닫는다. 그녀는 자기 자신을 사랑하는 법을 차근차근 배워가며 마침내 사랑을 쟁취한다.

### 나를 바꾸는 연애의 화학작용

짐작하겠지만 영화 〈미녀는 괴로워〉의 내용이다. 영화에서는 극적 효과를 위해 여자의 외모 변화를 기폭제로 삼고 있지만, 여기에서 깨달아야 할 교훈은 '수술을 통해서라도 예뻐지자'가 아니라 '내가 나를 사랑하지 못하면 다른 사람에게도 사랑받기 어렵다'라는 것임을 놓치면 안 된다. 이는 이 영화뿐 아니라 상당수의 사랑 관련 콘텐츠가 다루고 있는 메시지이기도 하다.

성우를 목표로 준비하던 여자가 있었다. 그녀는 사실 그리 뛰어난 능력을 가진 것은 아니었고, 본인도 그 사실을 잘 알고 있었다. 그런데 남자의 말 한마디에 그녀의 인생이 바뀌었다. "너 목소리 진짜 좋은 것 같아." 남자의 진심 어린 눈빛과 말. 그녀는 자신의 능력에 믿음이 생겼고 더 열심히 노력해서 그에게 좋은 결과를 보여주고 싶다고 생각했다. 좋아하는 사람에게 좋은 모습만 보여주고 싶은 마음은 사람이라면 다 똑같다. 그의 한마디는 불확실한 그녀 인생에 한줄기 빛과 같은 말이었다.

남자는 아나운서 지망생이었다. 그는 단지 자기가 갖지 못한 능력을 가진 여자가 부러워 큰 의미 없이 그렇게 말했을 뿐이었다. 그런데 그 사소한 말 한마디가 여자의 인생을 바꾼 것이다. 남자가 아나운서 스타일을 선호한다는 사실을 알게 된 여자는 진로를 바꾸어 아나운서가 됐다. 그 여자가 누구냐고?

바로 나다. 난 그렇게 아나운서가 되었다. 사실 목소리는 내 열등감 중 하나였다. 하지만 아이러니하게도 그 열등감이 어느 순간 삶의 원동력이 되었다. 그리고 그런 변화를 일으킨 것은 연애라는 화학작용이었다.

### 연애야말로 진정한 커뮤니케이션의 결과다

'상대방이 나의 부족한 면을 지적할까 봐', 혹은 '내가 초라해 보일까 봐'라는 지레짐작으로 원하는 일에 도전하지 못하는 사람들은 평생 최선을 다하지 않았다는 죄책감과 미련에 시달린다. 이는 연애에 있어서도 마찬가지다.

나 역시 수많은 남자들을 만나면서 많은 지적을 당했고, 그것을 모두 기억하고 있다. 과거엔 그 기억들이 상처가 돼 스스로 움츠러들기도 했지만 지금은 나를 업그레이드시켜준 밑거름이 됐다고 생각한다. '나한테 그런 문제가 있다고? 그렇단 말이지? 그럼 그걸 극복해서 보란 듯이 더 괜찮은 사람이 되어주지' 하고 말이다. 열등감은 때론 나를 더 열심히 살아가게 하고 앞으로 나아가게 하는 힘이 되어주었다.

난 지적을 좋아한다. 그때 그 남자가 내 옷차림에 점수를 매기며 지적질을 하지 않았다면 나는 지금도 핑크색만 고집하고 있었을 것이다. 그리고 나에게 가장 잘 어울리는 컬러가 무엇인지도 알 수 없었겠지. 흑역사조차 업그레이드의 밑거름으로 삼는 사람이 될 텐가, 타인의 지적질과 열등감 속에 빠져 계속 허우적댈 텐가?

이런 이유 때문에 연애 잘하는 사람이 사회생활도 잘한다고 단언할 수 있는 것이다. 열등감을 극복해 스스로를 업그레이드할 수 있는 사람, 이런 사람은 사회생활을 못하는 게 더 어려운 일이다. 서양에서는 십대 자녀가 졸업파티에 같이 갈 파트너가 없어서 고민하거나 이성친구가 없으면 오히려 부모가 심각하게 고민한다.

연애는 사회생활의 기초 연습이다. 인간 대 인간이 나누는 깊고 진한 커뮤니케이션을 할 수 있는 기회가 바로 연애이다. 연애 잘하는 사람들이 면접도 잘 보고 좋은 회사 다니고 사회생활도 잘하는 건 연애선수가 곧 커뮤니케이션 선수이기 때문이다.

'연애 뭐 그까짓 것 입학만 하면, 취업만 하면, 돈만 벌면……' 이라고 생각하면 큰 코 다친다. 연애 잘하려고 노력하는 것, 분명 정말 중요한 일이다. 그리고 연애 잘하려고 노력하다 보면 나 스스로가 한 층 더 나은 사람이 된다는 사실은 공공연한 비밀!

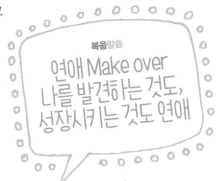

복음말씀

연애 Make over
나를 발견하는 것도,
성장시키는 것도 연애

# 롤 모델 선정법*

나의 현재를 파악했다면, 이제 업그레이드를 위해 노력해야 한다. 업그레이드를 위해서는 따라 하기만큼 좋은 스승이 없다. 롤 모델을 정해 그를 관찰하고 베껴라. 롤 모델은 유명 아나운서나 연예인, 정치인…… 누구라도 좋다. 단 나와 비슷한 점을 많이 가진 사람이어야 한다. 내가 평소 하는 짓이 개그맨인데 배우 이영애를 롤 모델로 삼게 되면 삶이 피곤해진다. 이런 경우라면 개그맨 중에 고르는 게 맞다. 아니면 연예인 중에서 개그감이 뛰어난 사람으로 고르든가.

나는 외모는 강예빈, 목소리는 손정은 아나운서가 롤 모델이
었다. 강예빈은 일단 웃는 인상이 비슷했고 성격 또한 내숭 없이
시원시원한 면이 나와 맞았다. 그녀가 〈라디오스타〉에 출연한
이후에 닮았다고 연락한 사람이 한둘이 아니었으니. 그리고 목
소리는 중저음 톤에 따뜻한 분위기가 담겨 있는 손정은 아나운
서가 내 스승이었다. 하이 톤의 배우 유인나처럼 애교 있는 목소
리였으면 좋았겠지만, 내가 가진 목소리는 중저음이었다. 그래
서 유인나처럼 되려고 성대를 혹사시키기보다 나와 비슷한 음색
을 가진 손정은 아나운서를 따라 하는 편이 훨씬 나답고 발전 속
도도 빠르다고 생각했다.

그러나 오드리와 이영애라기엔
조금 거리가 먼 수정이었다.

요 디제이
뽕디스 파뤠!

# 나
# 자신을
# 알라
### Chapter 3

해정 　권력게임에서 가장 중요한 게 뭐게?

타고난 재능?　수정

포커페이스?　동수

해정 　아주 틀린 답들은 아니지만
　　　정답은 상황파악, 적재적소, 면밀분석!
　　　요게 권력게임의 3대 요소랄까?

전략게임 같다. ㅋㅋ　동수
삼국지인 줄.

그러게.　수정
지피지기면 백전백승.
뭐 이런 거~ ㅋㅋ

해정 　맞아! 지피지기!!

?　수정

진짜 삼국지?　동수
나 자신을 파악하고
상대를 알면
백 번 다 승리한다?

해정 　그렇지. 나도 모르면서 상대를 어찌 알겠어?
　　　주제부터 파악해야 스토리가 나오지!!

일기라도 써야 하는 건가.　수정
아니면 자서전? ㅋㅋ

해정 　뭐, 그것도 좋지만 일단은
　　　기업 분석할 때 쓰는
　　　SWOT 분석이라는 걸 써봐.
　　　들어는 봤남?

아뇨.　동수

저도 처음 들어요.　수정

해정 〉 내가 예시를 보여줄게.

| 장점 Strength | 단점 Weakness |
| --- | --- |
| 눈이 예쁘다<br>웃는 모습이 예쁘다<br>인사를 잘 한다 | 목이 짧다<br>남자 앞에서 자연스럽지 못하다<br>낯을 가린다 |
| 기회 Opportunity | 위기 Threat |
| 여러 가지 대외활동을 한다<br>아르바이트를 한다<br>가끔 헌팅을 당한다 | 여대를 다녀 남자 만날 기회가 적다<br>지인들이 모두 여자<br>일이 많고 바쁨 |

이런 식으로 나의 장점과 단점,
연애하기 좋은 기회나 위기의 상황을 네 칸 안에 적어보는 거야.
그럼 나라는 사람을 객관적으로 보게 되지. 어때?

제가 생각하는
제 장단점을 쓰라고요?  〈 동수

해정 〉 응. 근데 장단점 같은 건
주변 사람들한테 설문하는 게 좋아.
내가 생각하지 못한 새로운 게
나올 수도 있거든^^
나도 모르는 나의 매력?

그러고 보니
이제까지 나를 알아볼  〈 수정
생각은 안 했네요 ㅜㅜ

해정 〉 연애 하면 흔히들 이성을 꼬시는 기술만 생각하는데,
일단 본인이 뭘 갖고 있는지 파악하는 게 젤 중요해.
좋은 총이 있어도 총알이 없으면?
무용지물! 숙제 잘들 해봐^^

강원래, 김송 부부를 처음 봤을 때 들었던 생각은 '김송이 엄청 잡혀 사네. 불쌍하다'였다. 자기주장이 강한 강원래와 달리 김송은 꽉 잡혀 할 말을 하나도 못하고 사는 것처럼 보였기 때문이다. 텔레비전 토크쇼에 나왔을 때에도 나와 비슷한 생각이었는지 패널들의 성토가 대단했다. 그런데 정신과 상담의의 진단은 달랐다. 두 사람은 상당히 보완적인 부부관계라는 것. 김송은 워낙 수동적인 성향이라 누가 강하게 주도해주기를 원하는 '아이' 유형이었고, 강원래는 능동적으로 강하게 리드하는 '부모' 유형이었던 것이다. 만일 강원래가 본인과 같은 '부모' 유형의 여성을 만났다면? 김송이 배려가 넘치는 '아이' 유형의 남성을 만났다면? 아마 서로 불꽃 튀게 싸우거나 가슴을 치며 답답해하다가 헤어졌을 가능성이 높을 것이다.

**연애하기 전, 먼저 나 자신을 제대로 알자**

성공적인 연애와 취업은 모두 자기 자신을 아는 데서 시작한다. 이 세상에 나와 같은 외모, 성격, 스펙을 가진 사람은 나 하나뿐이다. 내가 가진 무기가 무엇인지 확인한 후라야 채워야 할 부족한 부분이 어떤 것인지, 어떤 매력을 더 어필할지 진단이 나올 수 있다.

제일 나쁜 연애 태도는 '남자는 이렇대', '여자는 저렇대'라며 상대방을 일반화하는 거다. 남녀관계에 대한 고정관념이 강할수록 연애 무직 기간은 길어진다. 그러니 '세상 사람들이 다 좋다고 해도 나랑은 안 맞으면 어쩔 수 없어!' 하는 태도가 필요하다.

연애인이 되는 왕도는 첫째도, 둘째도 나 자신의 현재 모습 인정하기다. 사실 꽤나 많은 사람들이 현재 자기 자신을 똑바로 바라보지 못한 채 살아간다. 수치스러우니까. 그래서 모른 척한다. 마치 명절 이후 체중계에 올라가기가 죽기보다 무서운 것과 마찬가지로, 내가 연애 모지리라는 사실을 확인하는 일은 별로 유쾌하지 않을 거다. 하지만 생각해보라. 현재 모습이 평생 내 모습은 아니지 않은가. 현재는 미천해도 훗날 창대한 모습이 될지 모르는 일 아닌가.

### 매력을 드러내려면 단점보다 장점을, 약점보다 강점을

브랜드를 분석할 때 가장 먼저 하는 일이 현재 시장 상황과 기업 현황을 분석하는 SWOT 분석이다. 나를 하나의 브랜드라고 생각한다면 제일 먼저 해야 할 일은 SWOT 분석 툴을 사용해 나의 장단점, 기회와 위기 상황을 점검하는 것이다. 이를 통해 현재의 좌표를 정확히 알고 있어야 뻗어나갈 방향을 잡을 수 있다.

이때 주변인들의 의견을 적극 활용하는 것도 좋다. 평소 나에 대해 어떻게 생각하는지 객관식으로 혹은 주관식으로 물어보는 것이다. 그렇게 타인의 평가와 나의 평가를 분석하여 얻은 교집합이 자타공인 나의 장단점인 셈이다.

그런데 이때 많은 사람들이 저지르는 실수가 바로 장점보다 단점에 주목한다는 것이다. 부족한 것을 먼저 채우려 든다. "안 되면 되게 하라." 유명한 누군가의 말이지만, 이때만은 옳지 않은 말이다. 안 되는 걸 되게 하려고 노력하면 무엇이든 할 수 있는 '평범한' 인간이 탄생한다. 하지만 잘하는 걸 더 잘하도록 노력하는 사람은 남들의 눈에 띄는 '비범한' 인간이 된다.

널리 알려져 있는 MBTI 성격검사 이론에서 가장 중요하게 생각하는 것은 적성이다. 왜냐하면 이 검사는 적성을 먼저 발전시킨 이후에 부족한 점을 채움으로써 보다 나은 인간이 되는 것을 목표로 하기 때문이다. 다시 말해 적성, 즉 장점도 제대로 개발되지 않은 시점에 단점부터 손대는 건 잘못된 선택이라는 말이다. 내 장점을 키워 최고봉이 되자. 결점은 그 뒤에 보완하는 걸로!

연애에는 프리패스가 없다. 어떤 특정 스킬을 알면 세상 모든 여자 혹은 남자를 꾀어낼 수 있다는 생각은 망상에 가깝다. 그건 불로장생약이 존재한다거나 연금술이 가능하다는 것과 맞먹

는 이야기다. 간혹 남자는 '돈'이, 여자는 '외모'가 연애의 프리
패스라고 착각하는 사람들이 있는 것 같다. 그런 사람들은 '어떻
게 나에게 이런 일이?'라는 말을 가장 많이 한다. 돈이나 외모가
연애에 도움이 되는 것은 분명하다. 하지만 그것은 남들보다 빠
른 스타트를 도와주는 촉매제와 같은 것일 뿐 절대조건이나 절
대반지 같은 것은 아니다. 짧은 만남에는 큰 도움이 되겠지만, 진
짜 사랑을 하고픈 사람에게는 결국 성격이나 매력이 더 중요하
게 작용한다.

### 세상의 잣대에 맞추지 말고, 있는 그대로의 서로를 인정하라

연애는 커스터마이징이다. 누군가를 나에게, 나를 누군가에게
맞춰가는 과정이다. 본인이 어떤 모양인지 알아야 깎든 보태든
할 텐데, 자기가 어떤 모양인지도 모른다면 연애가 잘될 턱이 없
다. 자꾸 썸남과의 관계가 어긋난다? 다 된 썸에 재가 뿌려진다?
그렇다면 상대가 이상한 사람이 아니라 본인이 이상한 사람일
수도 있다는 것을 알아야 한다. "너 자신을 알라"는 말은 진리 중
의 진리다.

나는 한국에서 인기 있는 스타일의 여성이 아니었다. 스스로
리드하는 것을 선호하는 '리더' 성향이 강해서 어떤 모임이든

리더가 되지 않으면 답답해하는 성격이었다. 그런데 이상하리
만치 연애에선 소극적이었다. 여자는 고분고분해야 사랑받는다,
남자가 리드해야 연애가 잘된다 식의 지극히 한국적인 연애공
식에 물들어 있었기 때문이다. 그래서 남자가 리드해주길 바라
면서도 속으로는 성에 차지 않아 불만을 가지는 상황이 계속 반
복됐다. 망한 연애에는 다 이유가 있는 것이다.

　남자도 마찬가지다. 사실은 누가 리드해주는 게 편한데, 남자
니까, 남자라서 내가 리드해야지, 하는 고정관념 때문에 힘겹게
애를 쓰고 있진 않은지 생각해봐야 한다. 연애가 부담스러운 건,
'나를 버리고 상대방에게 맞추려는 것이 사랑'이라는 편견에 사
로잡혀 있기 때문일지도 모른다.

　　　　　　　　생긴 대로 사는 것이 자신의 인
생과 연애에 도움이 된다. 행복한
연애 라이프는 자신이 생긴 대로
사는 데서 시작된다. 자신을 잃어
버린 연애는 오래 가지 못한다.
그리고 행복과도 점점 멀어진다.

# 동수와 수정이의 SWOT 분석 엿보기*

[ 동수의 스왓 분석 ]

| 장점 Strength | 단점 Weakness |
|---|---|
| 인내심 : 한번 시작한 것은 끝까지 해내는 편이다. | 뛰어나지 않은 외모 : 키 175의 평범한 얼굴 |
| 배려심 : 자상하다, 친절하다는 얘기를 종종 듣는다. | 여드름으로 인한 피부 트러블 |
| 경청 : 남의 이야기를 잘 들어준다. | 말재주나 유머감각이 부족하다. |
| 예의 바름 : 어른들이 좋아하는 타입이다. | 낯을 가린다. |
| 착하게 생겼다. | 가난한 학생 : 부족한 용돈을 위해 아르바이트를 해야 한다. |
| 잘 웃는다. | 나쁘지 않지만 확 끌리지도 않는 학벌 |

| 기회 Opportunity | 위기 Threat |
|---|---|
| 연애 멘토를 만난 것. | 계속 썸만 타고 연애로 발전하지 못한다. |
| 동아리 활동 : 여자를 만날 수 있는 활동 확보 | 공대생 : 학기 중에 바쁘고 여자 만날 기회가 적다. |
| 경청 : 남의 이야기를 잘 들어준다. | 연애 경험 1번 : 그것도 여자가 먼저 고백 |
| 친해지면 말을 잘한다. | |

## [ 수정이의 스왓 분석 ]

| 장점 Strength | 단점 Weakness |
|---|---|
| 잘 웃는다. | 모태솔로 |
| 친절하다. | 키가 작다. |
| 상냥하다. | 속마음을 잘 얘기하지 않는다. |
| 뭐든 한번 시작하면 끝장을 본다. | 뛰어난 미인은 아니다. |
| 눈이 크다. | 코가 안 예쁘다. |
| 목소리가 좋다. | 돈의 여유가 없다. |
| 앞에 나서서 조리 있게 말을 잘한다. | |
| 노래를 잘한다. | |
| 날씬하다. | |
| 애프터 확률이 꽤 높은 편이다. | |

| 기회 Opportunity | 위기 Threat |
|---|---|
| 연애 멘토를 만난 것. | 모태솔로 |
| 미팅이 많다. | 여대 재학 중 |
| 소개팅남이 있다. | 미팅이나 소개팅 외에 남자를 만나기 어려운 환경 |
| 대외활동을 많이 할 예정이다. | 남자의 생각을 잘 모른다. |
| | 내가 좋아하는 사람은 날 안 좋아한다. |

♥ ♥ ♥ ♥ ♥ ♥ ♥ ♥ ♥ ♥ ♥ ♥ ♥ ♥ ♥ ♥ ♥ ♥ ♥ ♥ ♥ ♥ ♥ ♥ ♥ ♥ ♥ ♥ ♥

# 오라가 있어야 갑이다

Chapter 4

누나, 저 했어요.　동수

저도요, 언니^^　수정

해정　힘들었을 텐데, 둘 다 잘했네. 역시 내새끼들~

수정

해정　자, 작성한 거 서로 읽어보고
느낀 점을 얘기해볼까?

음... 비슷한 점이 꽤 보여요.　수정

착하고 친절하고, 이야기 잘 들어주는?　동수

해정　그래, 그 말이 무슨 뜻이겠니? 자, 둘 다 눈을 감아봐.
동수는 스스로를 이나영이라고 생각하고,
수정이는 원빈이라고 생각해봐. 지금의 너랑 사귀겠어?

;;;;; ㅜㅜㅜㅜㅜ　동수

헉　수정

해정　둘 다 심각하게 평범한 거 알지?
냉정하게 말해서 연애시장에서
을이 될 수밖에 없는 스펙!

네ㅜㅜ　수정

ㅠ—ㅠ 갑이 되려면 어떻게 해야 하죠? 동수

해정 속물이 돼라^^

동수

스펙 업? 수정

해정 누군가를 처음 만날 때
우리는 어떤 기준으로
그 사람을 평가하지?

일단 첫인상 그리고 옷차림. 수정
다음으로 목소리, 학벌, 집안배경,
가정환경 등등이겠죠?

외모, 학벌, 성격. 뭐 그런 스펙들? 동수

해정 응. 너희들 그 기준에서
단연 돋보이는 장점이나
강점 있음?

수정

딱히 돋보이는 것이 없네요 ––;;;;; 동수

해정 스펙이야 앞으로 키워가면 되지. 안 그래?
근데 단기간에 가장 빨리 어필되는 게
하나 있는데... 알려줄까~ 말까~ ㅋㅋ

새로 태어나는 게 빠를 듯 ㅠㅠ 수정

알려주세요 수정

해정 공효진 그리고 베네딕트 컴버배치

1도 모르겠음ㅋㅋ 동수

해정 그들은 개미지옥

네? 동수

잉? 수정

해정 매력 덩어리들이지. 빠지면 노답이야!

영국 드라마 〈셜록〉에서 주인공 셜록을 연기한 베네딕트 컴버배치를 화면에서 처음 본 사람들 중에 첫눈에 "오, 완전 초미남!"이라고 생각한 사람은 아마 전 세계를 뒤져도 한 명도 없을 것이다.

하지만 드라마를 한 편 또 한 편 보다 보면 어느 순간 그가 잘생겨 보이는 기현상을 경험하게 된다. 뭐지? 왜 잘생겨 보이지? 혼란스러울 즈음 그가 한번씩 웃으면 가슴이 쿵 하면서 이런 생각이 들게 된다. "내 남자 취향이 바뀌었나 보네." 그가 가지고 있는 별명 중 하나가 '잘생김을 연기하는 배우'인 것은 이런 사람들의 경험 때문 아닐까.

### 자기만의 향과 색채를 갖는 게 중요하다

한때 순정만화 주인공처럼 생겨야 로맨틱코미디의 주인공을 하던 시절이 있었다. 하지만 언젠가부터 순정만화보다는 오히려 명랑만화에 가까운 얼굴이 그 자리를 차지하기 시작했다. 별명은 공블리, 취미는 흥행하기. 믿고 보는 배우, 그녀의 이름은 공효진이다. 배우 공효진은 천편일률적 한국 배우 시장에 다양성을 선물해준 고마운 존재다. 그녀는 예쁜 장미과의 배우가 아니라 저기 홀로 핀 들국화처럼 혹은 생김새보다는 진한 향으로 기억되는 프리지아 같은 배우다. 공블리는 예쁜 척하지 않는, 개성 있는 캐릭터로 승부하는 보기 드문 주연 여배우다. 길쭉한 몸매, 남다른 패션감각으로 남자들에게도 인기 절정이다.

개미지옥 같은 그와 그녀에게는 자기만의 향과 색이 있다. 가치라는 건 희소성에 의해 결정된다. 모두가 미인도 같이 변한다면 추녀가 미의 기준이 될 수도 있는 거다. 아름다움이라는 건 원래 절대불변의 가치가 아니니까.

세상이 말하는, 사람을 평가하는 절대기준이 있다. 외모, 학력, 재력, 성격. 하지만 이 네 가지 기준도 취향에 따라 다르게 평가된다. 절대적인 것이 없다. 그런데 유일하게 '오라'만큼은 취향과 상관없이 누구에게나 어필된다. 왜? 어디서 듣도 보도 못한 것이라 자꾸 눈길이 간다. 처음엔 별로였는데 중독된다. 중독이 무서운 것은 안 되는 줄 알면서 자꾸 손이 간다는 점이다. 내 취향이 아닌데 자꾸 마음이 가게 만드는 것.

공효진도 마찬가지다. 공효진보다 객관적으로 아름다운 배우들은 많다. 하지만 우리가 공블리라는 애칭까지 붙여주면서 공효진에게 빠져들 듯 그들의 매력에 빠져들지는 않는다. 어떤 사람이 가지고 있는 매력, 그 매력이 외모를 덮을 만큼 뛰어나다면 외모는 더 이상 중요한 요소가 아니다.

## 아류로 남지 말고 나만의 오리지널리티를 만들자

연애에는 확실하게 차별화된 이미지가 필요하다. 대체할 수 없는 사람이 되는 것. 아우라가 있는 사람이 바로 그런 사람이다. 아우라란 흉내 낼 수 없는 고고한 분위기를 말한다. 다른 사람에게는 없는 그 사람만의 독특한 분위기. 그것은 다른 사람의 마음을 움직일 만큼 강력하다.

오바마가 최초의 흑인 대통령이 될 수 있었던 것도, 고흐의 그림이 명작으로 평가받는 것도 다 오라 덕택이다. 아무리 기술적으로 잘 그려도, 그 사람만의 오라가 느껴지지 않는 그림은 명작이 될 수 없다. 테크닉보다 중요한 것, 그것은 그 사람의 오라다.

그림은 사진 찍듯 똑같이 그리는 것이 다가 아니다. 그림은 사진과 다른 무언가가 있어야 한다. 그게 무엇일까? 작가만의 오라다. 오라가 없는 그림은 평생 아류로 남을 수밖에 없다. 오라가 있어야 명작이, 갑이 된다.

오라는 장인의 손맛에 비유할 수 있겠다. 오랜 시간 동안 한껏 정성을 들인 장맛. 혹은 오래오래 끓인 육수. 똑같은 음식이라도 어떤 장을 썼는지, 육수 베이스가 무엇인지에 따라 맛의 깊이가 결정된다. 인스턴트가 절대 따라오지 못할 맛이랄까. 매일 먹는 흔한 된장찌개인데 뭔가 다르다. 인스턴트는 자극적인 맛으로 혀를 잠시 즐겁게 하지만 계속 떠오르게 하는 깊이는 떨어진다.

보고 또 봐도 보고 싶은 볼매가 되어야 관계에 있어 우위를 점할 수 있다. 꽃은 본연의 향과 색으로 벌과 나비를 끌어들인다는 사실을 잊지 말 것.

복음말씀
너 같은 사람은
처음이야
대체 불가능한
존재가 돼라

# 동수와 수정이의 연애인 평가표*

**[ 동수 연애인 별점 평가 ]**

| 외모 | ★★☆ |
|------|------|
| 학력 / 능력 | ★★ |
| 돈 / 연봉 | ★★ |
| 오라(개성) | ☆ |
| 성격 | ★★★★ |

**[ 수정 연애인 별점 평가 ]**

| 외모 | ★★☆ |
|------|------|
| 학력 / 능력 | ★★★☆ |
| 돈 / 연봉 | ★★ |
| 오라(개성) | ★ |
| 성격 | ★★★ |

♥ ♥ ♥ ♥ ♥ ♥ ♥ ♥ ♥ ♥ ♥ ♥ ♥ ♥ ♥ ♥ ♥ ♥ ♥ ♥ ♥ ♥ ♥ ♥ ♥ ♥ ♥ ♥ ♥ ♥ ♥

# 연애는 연출력이다
### Chapter 5

해정 헉;; 수정아, 우리 동수 말려야겠지?

동수 누나, 저 앞으로 제 매력 포인트는 자상함으로 잡으려고요.

수정 네;; 언니, 동수 좀 말려주세요.

동수 왜요? 이상해요? 스왓 분석해서 나온 건데.

해정 우리 아까 얘기했잖아. 자상함은 매력이 될 수 없어. 그건 그냥 기본 인격이야. 자상하다고 사귈 거면 콜센터 직원이랑 사귀어야겠다.

수정 맞아요, 맞아! 자상하기만 한 남자는 남자로 안 느껴져. 그건 아빠라고!

동수 아~ 그래서 만날 '오빠는 참 좋은 사람이야'가 제 연애의 마지막을 장식하는 거군요. ㅠㅠ

해정 그렇지. 착한 호구, 예쁜 바보 ㅋㅋ

동수 그럼 저 어쩔?

해정 카이사르처럼 연출력을 키워야겠지. 율리우스 카이사르 알지?

수정 로마 독재자?

브루투스 칼에 찔린 사람이죠? 동수

해정 맞아요~ 아구 똑똑해!
카이사르는 연설도 잘했는데 연출을 더 잘했어.
대중연설을 할 때마다 사람들을 놀래켰단다.

오~ 동수

? 수정

아 하!

동수

해정 연애도 정치랑 다를 바 없는 거야.
결국 사람한테 나를 어필하는 거잖아.
괜찮아 보이고 더 알아보고 싶은 사람.
그래서 사귀고 싶은 사람.
카이사르는 그걸 잘했음.

오오 좋아요 *ㅅ* 카이사르처럼 수정
하려면 어떻게 해야 해요?

해정 이를 테면 컬러를 사용하면
효과가 더 크지.

정치에서 빨간색은 무슨 당, 수정
파란색은 무슨 당 정하는 것처럼?

뜨 악!

해정 맞아.

컬러라니 신박하다. 동수

해정 말이나 글처럼 컬러는 표현수단이거든.
자기 이미지를 직관적으로 보자마자 딱!
상대방한테 어필할 수 있음.
노홍철 하면 무슨 색이 떠올라?

보라색? 돌 +ㅣ 잖아요ㅋㅋ 동수

오~ 보라색 공감. 보라 받고 전 노랑! 수정
뭔가 늘 웃고 밝아서 긍정적으로 보여요.

해정 응. 컬러만 얘기했는데도
그 사람 성격이 보이는 것 같지?
공감도 되고.

그러네요. 거 참 묘하네. 동수

해정 컬러에는 각각 고유의 의미가 있음.
너희도 각자 자신의 매력과 어울리는
컬러 팔레트를 만들어봐.

컬러에는 각각 고유의 의미가 존재한다. 내가 드러내고 싶은 이미지가 있다면 해당 이미지와 어울리는 컬러를 선택해 의상과 메이크업, 헤어 등에 활용하는 게 좋다. 환경운동을 하는 변호사가 자연을 연상시키는 초록색 넥타이를 시그니처로 사용하는 것처럼 말이다.

본인만의 커리어, 매력, 성격 등의 특징을 고려해 자기만의 고유한 컬러를 찾아라. 그것을 연애는 물론이요, 면접, 사회생활 등에 폭넓게 적용한다면 나름의 효과를 얻을 수 있다.

### 나만의 시그니처로 스스로를 연출하라

〈금발이 너무해〉라는 영화가 있다. 리즈 위더스푼의 리즈 시절을 볼 수 있는 영화인데, 이 영화야말로 핑크가 공주과 여자와 어떤 상관관계가 있는지 명확하게, 아주 명확하게 보여준다.

주인공인 엘의 물건 중에 핑크가 아닌 것은 없다. 게다가 하나같이 블링블링 반짝이가 달려 있거나 아니면 핑크 털이라도 달려 있다. 핑크로 도배한 그녀는 컬러에서 느껴지는 그대로 해맑고 사랑스러운 공주과 여자다. 그리고 그런 그녀가 독하게 마음먹고 공부와 커리어 획득에 매진하기 시작하면서부터 핑크는 조금씩 사라지고 그 자리를 짙은 청록, 검정, 보라 등이 채워

간다. 물론 영화의 엔딩에서는 다시 핑크색으로 장식했을 뿐 아니라 〈금발이 너무해 2〉에서는 다시 올 핑크걸로 귀환하기는 했지만 말이다. 영화 속에서 그녀의 캐릭터는, 친구들이 그녀에게 "너의 시그니처 컬러인 핑크를 선택해!"라는 대사를 할 정도로 '핑크색' 하나로 모두 정의되었다.

컬러는 특히 미인대회처럼 대중에게 어필해야 하는 곳에서 상당한 위력을 발휘한다. 컬러를 포함해 본인에게 어울리는 이미지 콘셉트를 정확히 알고 나온 참가자와 그저 예뻐 보이는 데에만 치중하는 참가자는 확연히 차이가 난다. 내가 참가했던 미인대회에서 '진'을 수상한 사람은 키 160센티미터 정도의 평범한 여대생이었다.

합숙 때 본 그녀는 전혀 눈에 띄는 참가자가 아니었다. 그런데 무대 위에서는 달랐다. 드레스 핏은 물론이거니와 컬러 하며, 액세서리, 제스처, 미소, 장기자랑까지. 무대 위의 그녀는 상을 타기 위해 나온 사람처럼 보였다. 합숙 때 좋은 평가를 얻었지만 상을 못 탄 참가자들은 대부분 자기 자신에 대한 이해가 부족했다. 어울리지 않는 드레스, 어색한 미소, 소심한 목소리. 누가 봐도 유력한 진 후보자였던 그녀들의 패인은 남다른 자기만의 매력이 없다는 것이었다.

### One of them으로 살 것인가 Speacial one이 될 것인가

연예인과 스타는 같은 듯 다르다. 스타는 자기 이미지 연출에 능한 사람이다. 우리 기억 속에 오래오래 남는 스타는 자기와 어울리는 컬러와 이미지, 그리고 성격 연출이 가능한 사람이다. 그저 외모 하나에 기댄 연예인들은 숱하게 많고 금방 사라져버린다. 그래서일까? 오랜 시간 동안 전설로 남은 유행에는 그걸 기막히게 소화했던 스타의 이름이 붙는다. 헵번 스타일, 리즈 스타일, 그레이스 켈리 스타일, 험프리 보가트 스타일, 클라크 게이블 스타일. 그들은 많은 것을 시도하지 않았다. 그저 자기에게 가장 잘 어울리는 것 하나만 정복했다.

연애하고자 하는 One of them으로 살지, 연애할 만한 Speacial one이 될지는 자기 이미지 컨트롤 능력에 달렸다. 자기 이미지를 만들 수 있는 가장 간편하고 리스크가 적은 방법이 바로 컬러다. 한번 해봐라. 밑져야 본전이니.

복음말씀
나만의 인생 컬러를 찾아라

# 컬러 팔레트로 보는 나의 성격*

좋아하는 색 세 가지를 순서대로 고르시오.

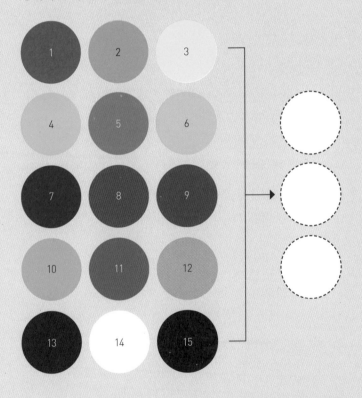

**해석 :** 첫 번째 선택은 사회적 자아, 즉 남에게 보여주고 싶은 나의 모습을 뜻하고, 두 번째 선택은 숨겨진 나의 욕구를 뜻합니다. 그리고 마지막 세 번째 선택은 미처 깨닫지 못했던 자신의 무의식을 보여줍니다.

1. **관능의 레드 :** 리더십 있고 강한 당신. 필요한 순간에 과감하게 스스로를 드러낼 줄 안다. 이런 당신이 기억해야 할 것은 과유불급. 지나치지 않게 주의하기만 하면 당신의 매력은 고공행진!

2. **따뜻한 모성애와 생명력, 오렌지 :** 누구에게나 햇살 같은 따스함을 느끼게 할 당신. 오렌지를 택한 당신은 아마도 결정적인 순간에 마음이 약해지는 유형일 듯. 연민과 동정을 헷갈리지 말 것!

3. **천진난만 옐로우 :** 어린아이 옷에 가장 많이 쓰는 컬러인 옐로우는 천진난만하고 밝은 컬러이다. 이 컬러를 택한 당신의 마음속에는 순진한 어린아이가 살고 있음을 유념할 것. 자칫 유치해질 수 있는 마음을 다스리는 것이 관건!

♥ ♥ ♥ ♥ ♥ ♥ ♥ ♥ ♥ ♥ ♥ ♥ ♥ ♥ ♥ ♥ ♥ ♥ ♥ ♥ ♥ ♥ ♥ ♥ ♥ ♥ ♥ ♥ ♥ ♥ ♥ ♥ ♥

**4. 사랑의 컬러, 연두** : 푸릇한 새싹을 닮은 컬러인 연두를 택한 당신은 조화와 균형을 중시하는 사람. 하지만 균형을 깨고 싶지 않아 주저하는 모습이 자칫 소심해 보일 수 있으니 가끔은 적극적인 모습을 보여주는 것이 좋다.

**5. 자연을 연상시키는 편안함, 그린** : 편안하고 안정적인 컬러 그린을 택한 당신은 아마도 평화주의자? 싸움도 싫어하고 마음이 불편해지는 것도 싫어한다. 하지만 매번 지고만 살 수는 없는 법. 가끔은 단호해질 필요도 있다.

**6. 이성적이며 지적인 캐릭터, 블루** : 금융권에서 가장 선호하는 컬러인 블루는 이성적이고 지적인 성향을 나타낸다. 똑똑해 보이기는 하지만 때로는 다가서기 어려울 정도로 싸늘하게 느껴질 수 있다. 편안한 첫인상을 위해 웃는 얼굴을 연습해보는 건 어떨까?

**7. 전통과 보수의 남색** : 가장 일반적인 슈트 색깔인 남색을 고른 당신은 좋은 말로는 전통적인, 조금 꼬아서 얘기하자면 보수적이고 답답한 사람일 듯. 정도를 벗어나지 않고 원리원칙을 중요

♥♥♥♥♥♥♥♥♥♥♥♥♥♥♥♥♥♥♥♥♥♥♥♥♥♥♥♥♥♥♥♥♥♥♥♥♥♥♥

하게 생각하는 바른 생각의 소유자이지만 가끔은 지나치지 않는 선에서 일탈을 시도해보는 것도 필요하지 않을까.

**8. 개성과 고독 사이의 보라** : 보라색은 고귀한 색임과 동시에 천한 색이기도 하다. 극도의 양면성을 가지고 있어서 자유분방하고 개성 넘치는 사람들이 많이 선택한다. 개성이라고 주장하며 자신의 버릇없음을 포장하는 일만 없게 할 것.

**9. 섹시한 여인의 향기, 자주** : 보라색보다 좀 더 붉은 기운이 도는 자주 컬러는 연령대와 상관없이 모든 여성이 열광하는 컬러다. 고급스런 가죽 가방이나 구두, 드레스 등에 많이 활용된다. 이 색을 고른 사람은 성숙한 정신세계를 가지고 있을 확률이 높다. 때문에 다른 사람을 어리거나 수준 낮다고 무시하는 경우가 종종 있으니 겸손함을 갖출 것.

**10. 섬세한 그러나 예민한 핑크** : 고운 소녀 같은, 해맑은 여자아이 같은 컬러인 핑크는 자칫 유치할 수 있는 아이와 같은 성격의 소유자가 좋아하는 컬러이다. 제멋대로이고 기분파인 경우가 많으나 뒤끝은 없다. 가끔 남의 기분도 헤아리는 습관을 기를 것.

개성 있는 매력의
퍼플!

이지적인 매력의
블루!

세련된 매력의
그레이!

천진, 귀여움의 상징
옐로우!

고 능적이고 섹시한
레드까지!!

수정아, 나 오늘
소개팅 하는데 어떠니

하하 핫!!!

각설이냐....

11. 사치스러우나 빛나는 골드 : 골드를 택한 사람은 언제 어디서나 스스로 빛나는 법을 아는 사람. 그만큼 시샘의 대상이 되기도 쉽다. 모두의 기분을 맞춰줄 필요는 없지만, 연애에서는 상대방의 마음을 헤아릴 줄 아는 인격을 탑재하지 않으면 큰 코 다칠 수 있으니 조심!

12. 지나치게 평범한, 그래서 세련된 그레이 : 그레이는 블랙이나 화이트를 만나면 고급스럽고, 원색과 만나면 은근히 빛나는 컬러이다. 이 컬러를 고른 사람은 조화의 미덕을 갖추고 있을 가능성이 크다. 하지만 이런 미덕이 때로는 우유부단함으로 비춰질 수 있으니 단호함을 키울 것.

13. 푸근한 매력, 브라운 : 나무를 닮은 컬러 브라운을 고른 사람들은 온화하고 다정한 성격의 소유자가 많다. 하지만 이런 매력만으로 어필한다면 '그냥 정말 편한' 오빠 혹은 동생이 될 수 있으니 결정적인 한방을 꼭 준비하라!

14. 순수한 반면 때로는 강박적인 화이트 : 너무 하얀 나머지 차마 손을 대지 못하는, 아니면 확 더럽히고 싶은 양면성을 느끼게 하

는 컬러 화이트. 화이트를 택한 사람 역시 양면성을 가지고 있을 수 있다. 그리고 그 양면성을 숨기기 위해 누구보다 힘껏 본인을 억제하고 있을 수도! 때로는 그 강박이 족쇄가 될 수 있으니 좀 더 편안해질 수 있도록 노력할 것.

15. 절제와 강인함, 그러나 외로운 블랙 : 블랙을 고른 당신은 스스로의 규칙에 엄격한 사람이다. 때문에 본의 아니게 주변 사람을 불편하게 만들고 그로 인해 자칫 외로워질 수 있다는 사실을 유념할 것. 모든 컬러가 섞여 만들어지는 블랙은 결국 모든 컬러를 품을 수 있는 컬러인 셈이니 좀 더 여유롭게 사람들을 대해보자.

♥ Part 2 ♥
해석남녀의 특별한 마음 공략법

연애는 감정과 마음의 주고받음이다.
내 마음을 제대로 들여다볼 수 있어야 상대를 이해할 수 있고
남녀가 주고받는 감정의 교류와 그 화학작용도 이해할 수 있다.
연애를 하고 싶다면 먼저 마음을 파악하라.

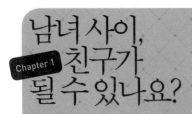

# 남녀 사이, 친구가 될 수 있나요?

> 수정, 나 어제 너 봤다. 홍대에서 ㅋㅋ  동수

> 정말? 언제 봤어? ㅋㅋ  수정

> 삼거리 포차 지나가다...  
> 근데 너 썸남이랑 있길래 모른 척함.  동수

> 잉? 나 맞아? 웬 썸남?  
> 아~니! ㅋㅋㅋㅋ 웬열~  
> 걔 썸남 아님. 친구야.  수정

> 친구 분위기가 아니던데?  
> 엄청 다정하던데?  동수

해정 수정이 너만 친구라고 생각하는 거 아냐?

> 중딩 때부터 완전 절친!!  
> 우리는 남매야, 남매 ㅋㅋ  수정

> 남녀 사이에 무슨 친구야~  
> 말도 안 됨!  동수

어이상실

> 왜 안 돼? 난 진심 그렇게 지내고 있는데...  
> 무조건 안 된다는 것도 편견이야.  수정

> 단둘이 만나서 밥도 먹고 영화 보고  
> 그렇게 다정하게 지내는 게 친구 사이야?  
> 만일 내 여자친구가 그러고 다니면  
> 난 다시 생각해볼 것 같음.  동수

어렸을 적부터 같이 지내온 시간이 있잖아. `수정`
친구끼리 밥도 못 먹냐?

누나, 이게 말이 돼요? 남녀가 친구가 될 수 있어요? `동수`

`수정`

`해정` 친구야 될 수 있지.
근데 아슬아슬한 관계이기는 해.

네? `수정`

거봐. 걔는 너 좋아할걸? `동수`

사람들이 왜 우리 사이 오해하는지 모르겠음. `수정`
부모님도 서로 다 아시고 그냥 가족 같은 관곈데...

`해정` 그려. 하지만 남녀 사이는 언제 어떻게 될지 모르잖아~
누구 하나가 갑자기 눈에 콩깍지가 씌일 수도 있는 거고.
단정할 수 없는 게 남녀 사이지.

누나 사이다 ㅋㅋㅋㅋ `동수`

진짜 아니란 말이에요. `수정`
전 좋아하는 사람도 따로 있는데.

`해정` 네가 아니라고 해서 상대까지 아니라고 단정짓는 건 좀...

그런가. `수정`

해정 지금까지 계속 오해받았다 그랬지?
요런 경우는 당사자보다 주변 사람이 보는 게 더 정확함.
둘이 분위기가 요상하니까 요상하다 하는 거징.
우징 이상 언인 이하. 고백만 안 했지,
이거 영락없는 썸 아니냐?

누나 칙오! 맞습니다!! 옳소! 동수

걔가 절 좋아했다면 예전에 고백했겠죠. 수정
그리고 걔는 여자친구도 줄곧 있었어요

해정 친구라는 이름이 참 좋은 어장이지요.
데이트는 지 맘대로 다 하고 관계 정의는 안 하고.

혁……… 수정

해정 응답하라 시리즈 안 봤니? 엄청 중요한 교훈을 주던데.
오빠가 여보 되는 거 한순간이다!

사랑에 빠지면 물불 안 가리고, 죽음도 불사한다는
데……. 하지만 그보다 더 무서운 것이 있다. 바로 '정'
이다. 남녀 사이 우정이 무서운 이유는 언제든 심적 부담 없이
상대 곁에 있을 수 있다는 점이다. 사랑은 모 아니면 도다. 사귀
든지 안 사귀든지. 그런데 우정은 아니다. 안 사귀더라도 계속
옆에서 지낼 수 있다. 그만큼 부담 없이 내가 상대방에게 은연중
에 어필할 기회는 많아진다.

### 남녀 사이, 베스트 프렌드가 되기 어려운 이유

남녀 사이는 친구가 될 수 있다. 단, 베스트 프렌드는 불가하
다. 단둘이 만나다 보면 사단이 난다. 영화 〈해리가 샐리를 만났
을 때〉를 보라. 드문드문 연락하고 지냈지만, 상대에게 이성적
관심이 1퍼센트도 없었지만 결정적인 순간에 하룻밤을 같이 보
내고, 결국 사랑에 빠지지 않았나. 시간을 같이 공유한다는 것,
이것만큼 정 들기 좋은 조건도 없다.

"친구끼리 밥 먹고 영화 보는 게 왜 안 되나요?" 하고 묻는다
면 이렇게 되묻고 싶다. 그럼 동성친구끼리 밥 먹고 영화 보면
되지 왜 군이 이성 친구를 만나는 거냐고. 우연히 그 친구만 시
간이 남았다고 하기엔 양심이 찔릴 것이다. 드물지 않게 여자사

람 친구보다 남자사람 친구가 편하다고 얘기하는 여자들이 있다. 하지만 이들은 사실 이성이라는 이유로 이해하고 넘어가주는 남자들의 배려, 그것이 주는 편안함을 즐기는 것일 뿐이다.

결혼정보회사에서 조사한 바에 의하면 남자는 70퍼센트 이상이 남녀 사이의 우정은 불가능하다고 답했고, 여자는 64퍼센트가 가능하다고 답했다. 이것만 봐도 남녀 간의 우정을 바라보는 남녀의 시각차가 뚜렷이 보인다.

### 남녀 사이에는 성적인 욕망이 있기에 친구가 되기 어려운 것

여자들에게는 〈섹스 앤 더 시티〉의 캐리처럼 언제나 바른 조언을 해줄 남자사람 친구를 가지고 싶다는 로망이 있다. 남자에 대해서 정확한 조언을 들을 수 있고 때론 외로움을 달랠 수 있으니 그야말로 일석이조. 하지만 내가 몸소 체험하며 깨달은 불편한 진실은, 그건 망상에 불과하다는 것이다.

3년간 서로 연애에 대해 조언해주며 수다 친구로 지냈던 남사친이 나에게도 있었다. 그가 군대에 가서 시도 때도 없이 컬렉트콜로 전화를 하고 편지를 종용하고 면회를 강요했을 때만 해도 친구라는 이름으로 참을 만했다. 그러나 그가 휴가를 나와서 나에게 스킨십을 시도한 이후, 우리의 아슬아슬 줄타기는 끝났다.

그때 깨달았다. 나는 절대 아닐지라도 상대방은 나에게 다른 맘을 품을 수 있구나. 나만 아니라고 다 되는 건 아니구나. 장난처럼 서로 늙어서까지 노처녀, 노총각으로 남아 있으면 결혼하자 했던 말들은 다 뼈 있는 농담이었던 것이다. 오랜 시간 베스트 프렌드로서 나의 온갖 투정과 고민을 받아주던 그 아이는 내가 스킨십을 거부한 순간, 180도로 변했다. 그리고 내가 처음 본 얼굴을 드러내었다. 성욕에 미쳐 거칠고 난폭해진 절친을 보면서 남녀 간의 우정에 대한 나의 망상은 한순간에 증발해버렸다. 이성 사이에서 불끈 솟아나는 성적인 욕망은 결코 가볍고 단순하게 치부할 일이 아니기에 더욱 그렇다.

이 친구가 없어도 내 삶이 재미있을까를 고민하면 답이 나온다

그럼에도 불구하고 우리는 남사친, 여사친의 존재를 굳게 믿는다. 존재 자체가 불가능한 것은 아니다. 내가 잘 아는 언니 한명은 정말 베스트 프렌드가 남자인데, 자그마치 20년간 서로를 보완하며 잘 지내고 있다. 이쯤 되면 남자와 여자를 넘어서 인간 대 인간으로 서로를 인정하고 존중하는 경지라고나 할까.

하지만 이렇게 서로를 '너 진짜 괜찮은 인간'이라고 판단해서 남자사람도 여자사람도 아닌 범인류적인 카테고리 안에 넣기까

지는 무척이나 많은 시간과 사건을 무사히 건너내야 한다. 술 먹고 실수하는 일도 없어야 하고, 봄바람에 설레는 마음이나 가을바람에 덜컹 하는 가슴을 꾹 누르며 다스려야 하는 순간도 지나야 한다.

이 과정 다 겪어내고 정말 베스트 프렌드를 만드는 것 역시 인생의 큰 행운이다. 그러므로 섣부르게 밑져야 본전이라고 달려들다 좋은 친구를 잃을 수도 있다면 신중해야 한다. 그렇다면 연인이 되고 싶다고 달려들지 말지는 어떻게 결정하느냐고?

간단하다. '이 친구 없이도 앞으로의 네 삶이 재미있을까? 친구로 그냥 한 고비 넘기고 가면 더 좋지 않을까?'라는 망설임이 있다면 일단 멈춰라. 만약 진짜 연인이 될 운명이라면 이런 세월 다 보내고 십수 년이 지난 후에라도 연인으로 발전할 테니.

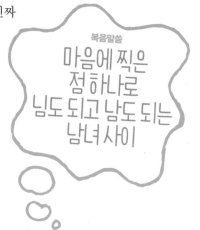

복음말씀

마음에 찍은
점 하나로
님도 되고 남도 되는
남녀 사이

# 당신이 연애를 못하는 이유*

못생겨서? 눈이 높아서? 까다로워서? NO! 당신이 연애를 못하는 이유는 못생겨서도 아니고 까다로워서도 아니다. 눈이 높아서는 더더욱 아니다. 연애는 감정의 주고받음이다. 감정을 주고받으려면 내 감정을 정확하게 파악할 수 있어야 하는데 연애를 못하는 사람은 대부분 내 감정이라는 것이 무엇인지 알지 못한 채 모호한 마음으로 연애에 임하곤 한다.

자기가 선택했으면서도 주변 핑계를 대기도 하고, 자기 확신이 없어서 얇은 귀가 되어 이랬다 저랬다 한다. 이 모두가 감정적 독립이 이루어지지 못한 까닭이다. 주변인들에게 지나치게 감정적 유착관계가 유지되고 있는 상태랄까. 부모에게서, 사회로부터, 남의 시선으로부터 독립하지 못했기 때문에 당신은 연애를 못하고 있는 것일지도 모른다. 이제 당신만의 연애 역사를 써라. 세상에 정답은 없다. 정답이 있다고 믿는 당신 마음이 족쇄가 되어 당신을 날아가지 못하게 붙잡고 있을 뿐이다. 스스로가 정답이라고 생각하는 것이 정답이 아닐지도 모른다고 생각을 전환하는 순간, 새로운 세계가 열린다.

♥♥♥♥♥♥♥♥♥♥♥♥♥♥♥♥♥♥♥♥♥♥♥♥♥♥♥♥♥♥♥♥

해석남녀의 특별한 마음 공략법

# 남자 조련법
## Chapter 2

수정: 언니, 저 결국 소개팅남이랑 끝난 듯요.

해정: 응? 분위기 한창 좋았는데...
데이트도 서너 번 했잖아?

수정: 네. 분명 처음엔 분위기 좋았는데
차츰 연락이 뜸해지더니... 쨍!

해정: 네가 선톡해보지 그래?

수정: 했죠, 당근. 연락이 안 오길래 먼저
톡했는데 단답형 대답만... 요즘 야근이다
뭐다 바쁘다고는 하는데 ㅜㅜ

수정: 진짜 바빠서 그런 걸까요? 아님 저 이대로 끝난 걸까요?

해정: her... 음...

해정: 넌 어땠는데? 맘에 들었음?

에휴 ~~~~

수정: 네, 괜찮았어요. 서로 얘기도
잘 통한다고 생각했는데...

해정: 소개팅에서 서너 번 만났는데 남자 반응이 뜨뜻미지근하다~
그러면 사실상 나가리지. 어쩔~;;

수정: 데이트도 토일 주말에 다 만나고
하루 종일 같이 있었거든요. 데이트할 때
리액션도 잘해주고 방긋방긋 잘 웃었는데
왜죠? 뭐가 문젤까요?

해정 엄머;;; 주말에 계속 만났다고?
하루 종일?

네~ 첨엔 막 완전 사랑꾼 돼가지고 수정
약속 잡고 난리를 치더니 마지막
데이트할 때는 좀 피곤해하고 회사에서
힘든 얘기하면서 징징징... 그런 것도
진심으로 다 들어줬는데 연락 뚝!

해정 다음부터는 사귀지 않는 남자랑 하루 종일
데이트하지 마. 특히 직장인 만날 때는
맥시멈 4시간을 넘기지 말고, 절대 주말에
토일 다 만나지 말고, 알겠어?

헉;;; 남자가 자꾸 보자고 수정
보채서 어쩔 수 없이... 진짜
날 좋아하나 보다 생각함요.

해정 원래 첨엔 다 그래. 남자들의 이상형이 뭐다?
오늘 처음 본 여자. 항상 적절한 신비감은 필수지!
그러니 처음엔 적당히 같이 있다 아쉽게 헤어지는 게 좋아.
푸지게 만나버리면 급 익숙해져버림.

글쿠나~ ㅠㅠ 언니한테 진즉에 물어볼걸. 수정

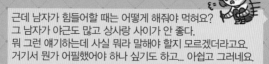

근데 남자가 힘들어할 때는 어떻게 해줘야 먹혀요? 수정
그 남자가 야근도 많고 상사랑 사이가 안 좋다.
뭐 그런 얘기하는데 사실 뭐라 말해야 할지 모르겠더라고요.
거기서 뭔가 어필했어야 하나 싶기도 하고... 아쉽고 그러네요.

해정 조언 금지. 괜한 조언은 여자에서 엄마로 가는 지름길이여.
예를 들어 그럴 때 "이직하면 어때?" 같은 조언하면 난리 남.

Part 2

어머! 저 했는데 ㅠㅠ <sub>수정</sub>

해정 왜 그랬어. 사실 그 남자 그렇게 무거운 얘기하려고 했던 거 아닐걸?
이야기는 즐거워야 해! 뭔가 혼탁한 세상 속 한줄기 빛처럼.
왜, 캔디 있잖아. 외로워도 슬퍼도 웃는 애. 개처럼. ㅋㅋ

응응! <sub>수정</sub>

해정 비밀은 여자를 가장 여자답게 만들지.
자꾸 궁금하게 하고. 시시때때로 의외의 반전 매력을
조금씩 보여주면 그게 궁금해서라도 자꾸 생각하게 돼.
그러다 보면 "어, 나 왜 자꾸 얘가 생각나지.
나 얘 좋아하나봐"라고 느끼게 된다고.

해정 그러니 적당히 숨기고 있다 살짝살짝 매력을 보여주고
은근 위해주면서 또 때로는 과감하게 한번씩 인상 남기는 거,
잊지 마라. 제에~~~발!

언니, 좀 짱인 듯 ㅎㅎ 담부턴 꼭 써먹을래요. <sub>수정</sub>

최고!

해정 그래, 남자가 그놈 하나뿐임? 그리고 냅둬봐.
아쉬우면 알아서 연락 온다. 넌 숨만 쉬고 있어. ㅋㅋ

설교　남자를 알고 싶다면 〈동물농장〉을 봐라. 남자는 여
자만큼 복잡미묘하게 생각하는 동물이 아니다. 그저
본능에 충실할 뿐이다. 그래서 남자를 이해하려면 동물의 본능
을 파악하는 것이 좋다. 〈동물농장〉에서 가장 자주 나오는 얘기
는 애완견 조련법이다. 훈육은 짧고 단호하게! 바로 그 자리에
서 지적할 것! 이건 남자에게도 통용되는 진리다.

여자들은 좋은 게 좋은 거라는 마인드가 있어서 싫은 점이 있
더라도 바로 지적하지 않는다. 그러나 그 앙금은 없어지지 않고
두고두고 쌓이게 된다. 결국 작은 일에 폭발하게 되고 남자 입장
에선 마른하늘에 날벼락 맞은 꼴로 관계가 끝나게 되는 것이다.
그러니 문제가 있다면 그때그때 해소해야 한다. 만일 이미 지난
일이라면 잊어버려라. 그걸 들추는 순간 미저리처럼 피곤한 여
자로 낙인찍힌다.

남자를 조련하려면 네 가지 키워드를 꼭 기억해야 한다. 우쭈
쭈, 동굴, 공감, 자존심, 줄여서 우동공자.

### 남자를 조련하는 첫 번째 키워드, 우쭈쭈

일단 '우쭈쭈'. 칭찬은 고래가 아니라 남자를 춤추게 한다. 남
자는 나이가 들어도 애라는 말이 맞다. 애처럼 언제나 인정받길

원한다. 그런데 여자들이 착각하는 게 외모에 대한 칭찬을 '우쭈쭈'라고 생각하는 것이다. 대다수 한국 남자들은 자신의 외모에 큰 불만이 없다. 불만이 있다 할지라도 능력이나 재력 등으로 커버할 수 있다고 믿는다. 그래서 '어머, 피부 너무 좋다', '옷을 참 잘 입으시네요', '잘생기셨어요' 등의 외모에 대한 칭찬은 별 효과가 없다. 이런 칭찬은 여자한테나 통한다.

남자는 그의 능력을 칭찬해줄 때 만족감을 느낀다. "우와, 네 덕분에 인터넷 고쳤어. 너는 기계를 정말 잘 다루는구나!"라든지 "넌 남들보다 논리적으로 말하는 걸 잘하는 것 같아. 한번에 쏙쏙 알아듣게 잘 얘기해준다"와 같은 칭찬이 남자에겐 훨씬 잘 먹힌다. 칭찬을 먹은 남자들은 어깨가 하늘로 솟고 무엇이든 들어줄 기세로 당신을 대할 것이다. '우쭈쭈'만큼 남자에게 어필되는 전략은 없다.

왜 멀쩡하게 두 손으로 곱게 해도 되는 핸들 돌리기를 굳이, 억지로, 애써서 한 손을 보조석에 걸친 채 폭풍 핸들링으로 하겠는가. 다, 칭찬 때문이다.

### 남자를 조련하는 두 번째 키워드, 남자의 동굴

남자들이 여자랑 가장 큰 갈등을 겪는 이유는 바로 남자의 동

굴과 공감 능력 때문이다. 공부, 인간관계, 사회생활, 취업 등등
의 이유로 남자는 혼자만의 시간이 필요하다. 이럴 때 남자는 자
기만의 동굴로 들어간다. 동굴로 들어간 남자는 연락도 잘 되지
않고 표현도 전과 같지 않다. 이런 특성을 알 리 없는 여자들은
당황한다.

그래서 억지로 동굴에서 남자를 끌어내려 하거나 채근하게
되는데 이러한 행동이 관계를 망치는 요인이 된다. 남자가 동굴
에 들어갔을 때 여자들은 그저 기다려주면 된다. 동굴에서 나올
때까지 숨만 쉬면서 기다리다 보면 알아서 자기가 그 시간을 끝
내고 돌아올 것이다. 엄마처럼 무언가를 해주려 애쓰지 마라. 그
냥 믿고 기다려라. 그것이 최선이다.

### 남자를 조련하는 세 번째 키워드, 공감

그리고 절대로 남자에게 공감을 바라지 마라. 남자는 여자보
다 공감 세포가 월등히 부족하다. 그래서 여자들이 이야기할 때
공감해주기보다 얘기의 핵심을 짚고 해결책을 제시하려 한다.

예를 들어 친구와의 갈등 때문에 속상한 여자. 썸남에게 그 친
구와의 스토리를 이야기하고 위로받고자 한다. 그런데 썸남은
얘기를 다 듣더니, 너도 잘못이 있다며 언제나 싸움은 쌍방과실

이라고 말한다. 더불어 친구한테 먼저 사과하는 것이 좋겠다는 해결책까지! 썸남의 해결책이 틀린 게 아니다. 심지어 맞다.

그런데 왜 이렇게 기분이 상할까. 여자는 감정적으로 위로받고 공감받고 싶었던 터라 두 번 상처받게 되는 꼴. '내 편 하나 없는 이 더러운 세상, 에잇!' 같은 심정이 된다. 그러니 남자와 대화할 때는 본인이 원하는 '목적'을 분명하게 드러내라. 위로받고 싶으면 얘기 앞머리에 먼저 "나 오늘 기분이 너무 꿀꿀하니 무조건 내 편 들어줘"와 같은 단서를 달면 문제 해결!

### 남자를 조련하는 네 번째 키워드, 자존심

남자가 가지고 있는 기본 성향은 보호와 책임이다. 사회가 많이 변해서 그 가치의 경중이 모호해지기는 했지만 그래도 아직 대부분의 사람들은 이런 기본 성향에 충실하다. 그 보호와 책임을 최대한 끌어낼 수 있는 것이 여자의 능력이다. 〈동물농장〉을 보면서 개를 훈련시키는 장면을 통해 남자를 다루는 법에 대한 힌트를 얻어보자. 그리고 고양이를 다루는 장면을 보며 고양이처럼 구는 법을 연구해라.

고양이들은 절대 치근덕거리지 않는다. 하지만 결정적인 순간에 스윽 다가와 사악 훑고 지나간다. 팽팽한 긴장을 없애고 내가 당신을 사랑한다는 것을 봄짓 하나 눈빛 하나로 각인시킨다. 그러고는 다시 제자리로 돌아가 자기를 단장한다. 다섯 번쯤 부르면 한 번 대답하고 한두 번은 외주기도 한다. 그리고 절대 주인을 괴롭히지 않는다. 단, 자기에게 뭔가가 필요하면 적극 어필하고 그게 충족되면 꾹꾹이를 하건 비비건 최대한 감사를 표시한다.

당신의 남자에게 고양이처럼 굴고 가끔은 고양이가 주인에게 하듯 남자를 내버려두어라. 그리고 개를 대하듯 남자를 당겼다 풀어줬다를 반복하리.

'우동공자'를 명심하자. 특히 남자의 자존심! 자존심은 꼭 세워줘라.

# 연애세포 말살된 공대생*

연애세포가 없는 센스 전무한 남자들은 공대생들 중에서 많이 발견된다. 이런 스타일들은 대체로 3남 코스를 탄다. 남중-남고-공대. 그리고 여기에 남초회사가 추가되기도. 헉! 이러니 현실에서 여자사람 존재 자체를 만날 기회가 극도로 적다. 여자 만나기가 하늘의 별 따기, 외계인 만나기만큼이나 어려우니 당연히 여자를 모를 수밖에. 여자만 모르면 다행이게?

이 유형의 사람들은 0과 1로 이루어지는 이분법적 사고회로를 가지고 있다. 무슨 말이냐고? '좋다-싫다'는 양극의 정답만 존재하는 세상에 살고 있다는 뜻이다.

남중 ──→ 남고 ──→ 공대

'남중 남고 공대'의 정석을 밟아
연애할 기회가 '1'도 없었다던 우리의 동수.

그런데 어디 현실이 그런가? 같은 YES도 표정과 상황에 따라 부정의 의미가 될 수 있고, NO 역시 긍정의 뜻을 가질 수 있는 것 아닌가? 그런데 연애센스가 없는 사람들은 이 뉘앙스의 차이를 모른다.

미니 시리즈를 봐라. 거기서 여주인공들은 맨날 남자 주인공한테 싫다고 싫다고 거절해놓고선, 뒤로 가서 눈물짓는다. '사실은 오빠 좋아하는데……' 이러면서. 때로는 싫다는 '말'보다 상대방의 눈빛, 행동, 표정을 읽어야 할 때가 있다. 특히 연애에서는 이게 정말 중요하다.

# 性적 마력

Chapter 3

뜨아

동수야, 남자들 이거 왜 그런 거야? 나 요새 멘붕임. — 수정

무슨 일이야? — 동수

해정 — 저번 그 소개팅남 때문에 그래?

남자들의 마음을 모르겠어. 요즘 소개팅도 많이 하고 학원 스터디에서도 나한테 관심 갖는 애들 있었거든. 막 민망할 정도로 칭찬하고 찬양하는 애도 있었어. 그랬는데 얘들이 썰물 빠지듯이 죄다 연락두절. 지들 입으로 이상형이다 뭐다 다음에 꼭 영화 보자 하더니만 몇 번 연락하다 사라져버리네....;; — 수정

네가 관심없어 했던 거 아냐? — 동수

나도 내가 시큰둥해서 그런가 싶어서 요즘엔 나름 리액션도 잘해주고 톡도 잘 받아줬거든. 근데도 그래. 남자가 별로여서 만날 생각도 없었지만 막상 연락이 안 오니까 자존심도 상하고. — 수정

해정 — 전형적인 '괜찮은데 사귀고 싶지는 않은 여자'에 속하는 듯.

해석남녀의 특별한 마음 공략법

괜찮은데 사귀고 싶지 않다니;;;; 왜요?? 수정

해정 남자도 이런 비슷한 케이스 있을걸.
'좋은 사람인데 느낌이 안 와요'라든지.

어?! 저 그거 알아요! 그런 남자들 있음! 수정

그런 말 저도 들어봤어요.
좋은 사람인데 이성으로
안 느껴진다고 ㅡ_ㅡ 동수

해정 감 오지? 조건은 훌륭한데 이성적 끌림이 없는 상태.
향기 없는 꽃처럼. 사람들이 꽃을 살 때 말이야,
주로 예쁜 걸 고르지만 향기 때문에 고르는 경우도 많잖아.
꽃은 예쁜 데다 향기도 좋아야 하는데 그중 하나가 없다면?
굳이 그 꽃을 사고 싶을까?

그렇구나. 향기 없는 꽃... 그거였구나 ㅠㅠ 수정

해정 너무 예뻐서, 현실감각이 없어서
인기 없는 친구도 있어. '빈틈'도 있고 그래야
남자가 접근함. 백치미라는 말도 있잖아.

그럼 반대로 별로 이쁘지도 않은데
인기 많은 애들은 뭐예요? 수정

해정 그건 말이지... 섹시한 사람.

어... 남자도 해당되는 건가요? 동수

해정 응. 착한 남자가 왜 매력이 없겠어.
여자는 스킨십할 수 있나 없나로 남친이
될 수 있는지 없는지 자가 테스트함.

알ㅋㅋㅋㅋ 수정

ㅜㅜ 그럼 어떻게 해야...? 동수

해정 슈렉에서 장화 신은 고양이 알지?

아 ㅋㅋ 이런 거요? 수정

해정 맞음ㅋㅋ '원한다'는 메시지를
눈빛으로 상대에게 전해주잖아.

남자가요? 동수

해정 섹스어필은 욕망이야. 말보다 표정이
효과가 큼. 이게 울끈불끈 몸을 키우거나
가슴 골 다 보이는 옷 입고 그런 거 아닌 건 알지?

나 너 좋아한다, 이런 눈빛? 동수

해정 맞아. 행동은 느릿하고 여유 있을 것.
고양이처럼 사뿐사뿐, 느릿하고 우아하게.

고양이 표정 생각하면서 연습해야겠어요. 수정

고양이, 느릿, 여유...라고 적는다. ㅋㅋ 동수

**설교** 섹스어필은 매력을 넘어서 마력이 된다. 그만큼 강하게 끌리고 중독된다는 말이다.

## 섹스어필만큼 강한 마력은 없다

성적인 요소를 적절하게 사용해서 세상을 호령하던 사람이 있다. 바로 마타하리로 알려진 M. G. 젤러다. 마타하리는 미모로 정보를 캐던 스파이로 알려져 있는데 사실은 당대 인기 많던 무희였다. 그녀는 유럽 전 지역에서 열렬한 인기를 구가했는데 절대 외모 때문이 아니었다. 마타하리는 사람들의 판타지를 잘 활용하던 이미지 연출가였다. 이름도 말레이시아어로 새벽의 눈동자라는 뜻의 마타하리로 개명하고 자신의 스토리도 혼혈로 꾸몄다. 오리엔탈리즘을 떠올리게 하는 의상으로 동양에 호기심을 갖는 남심을 강타했다.

사회적 관습을 깨고 틀에서 벗어난 이미지. 이것이 사람의 마음을 설레게 하고 끌게 하는 원동력이다. 아름다움이란 가깝고 익숙한 것보다 익숙한 것에서 살짝 벗어난 것이다. 가뜩이나 동양에 대한 환상에 빠져 있던 남자들로서는 동양에서 온 구구절절한 사연의 신비로운 이름의 무희가 있다는데 호기심이 안 생길쏘냐.

## 고양이처럼 행동하라

섹시함을 이야기할 때 빠지지 않는 단골손님이 있다. 바로 고양이다. 고양이를 닮은 연예인을 떠올려보면 그 눈에 빨려들 것 같은 착각이 들 때가 있다. 착하게 생긴 강아지과 얼굴과는 다르게 묘한 끌림이 있다. 꼭 이목구비의 문제가 아니다. 이러한 끌림은 눈빛으로도 충분히 구현할 수 있다.

고양이를 잘 관찰해보라. 세상 누구보다 여유로운 표정과 몸짓을 지녔다. 길가에서 배 깔고 햇볕을 쬐는 모습, 느릿느릿 사뿐하게 걷는 걸음걸이, 주변을 쳐다보는 호기심 어린 표정, 사람을 꿰뚫어보는 듯한 눈빛. 고양이를 보고 있자면 시공간이 허물어져 그 공간에서만 시간이 느리게 흘러가는 것 같은 느낌이 든다. 같은 공간 안에 있지만 고양이의 공간과 나의 공간에 다른 시간이 흐르는 것 같은 느낌. 그런 느낌을 주는 사람을 보고 성적 마력을 지녔다고 한다.

고양이처럼 행동하라. 고양이에 빙의되어 느릿느릿 천천히 걸어보고 나른하면서도 확신에 찬 눈빛으로 사람을 쳐다보라. 그러나 자칫 잘못 쳐다보면 싸우자는 암묵적 사인이 될 수도 있으니 주의할 것. 당신을 알고 싶다는 메시지를 깊고 그윽한 눈빛으로 표현해야 한다.

미국에서 모델 겸 진행자로 유명한 타이라 뱅크스가 화보를 찍을 때 보여주는 모델 표정을 연습해보자. 일명 스마이징. 눈으로 웃는 것이다. 입은 가만히 자연스럽게 두고 눈으로 웃는다. 이때 눈이 감겨서 하회탈이 되어버리면 실패. 눈을 똑바로 뜨되 '난 널 원해'라는 메시지를 담을 것.

예쁜 애가 인기 있는 게 아니다. 더불어 잘생기고 돈 많은 놈만 미인을 얻는 것도 아니다. 나의 호기심을 자아내는 사람, 답답한 일상에서 벗어나 활기를 주는 사람, 사막의 오아시스 같은 사람. 그래서 계속 만나고 싶은 사람. 그런 사람이 인기를 얻는다.

복음말씀

나는 고양이로소이다
나른하면서도
강렬한 눈빛으로
상대를 바라볼 것

# What women want

Chapter 4

대 박!

해정 어맛! 어디서 만나?

동수 누나. 저 오늘 썸녀랑 데이트해요.

동수 강남역에서 6시요.
미리 음식점 예약해야 할까요?

해정 당근. 평일은 몰라도
주말 저녁에는 줄을 서겠지?

동수 4시쯤 미리 도착해서 주변 음식점 둘러보고
예약하려고요. 메뉴는 뭐가 좋을까요?

해정 둘 다 학생이니까 무리 안 해도 돼.
꼭 파스타를 먹어야 한다, 이런 부담 갖지 마.
소개팅이나 데이트 = 이탈리안 레스토랑.
요 공식 좀 깨보자.

답
답···

동수 메뉴 정하는 것도 어렵더라고요.

해정 그치? 썸녀가 좋아하는 음식 아는 거 있어?

동수 딴 건 모르겠고 빵 덕후인 건 알아요.
인스타에 자주 사진이 올라옴요.

해석남녀의 특별한 마음 공략법

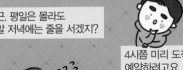

해정: 자, 지금 인스타를 켭니다. 썸녀 인스타 들어가서 어떤 음식 사진이 있나 스캔합니다. 실시!

동수: 오! 좋은 생각임ㅋㅋ 잠시만요.

해정: 여자들은 지나가듯 말한 것을 남자가 기억해주면 감동하거든. 좀 이따 밥 먹을 때 인스타 보니까 너 ○○ 좋아하는 거 같아서 일부러 ○○ 맛집 찾아봤다고 해. 알겠지?

동수: 대박ㅋㅋ 쩐다. 알겠어여.

해정: 대신 지나치면 완전 스토커로 오해받는다. 절대 과하게 굴지는 말고.

동수: 넵! 평생 은인으로 모시겠습니다. ㅋㅋ

해정: 밥 먹고 뭐함? 설마 영화는 아니겠지?

동수: 어떻게 만든 시간인데 영화는 아니죠. 뭐할지 아직 생각중인데, 일단 전통주점 같은 데 가서 막걸리 마시면서 대화 좀 나눠볼까 함요.

해정: 막걸리? 썸녀가 막걸리 좋아해?

동수: 그건 잘 모르겠어요. 제가 좋아해서 ㅋㅋ 막걸리 맛있는 곳 알아요.

해정: 막걸리든 소주든 각자 주류 취향이 있으니까 그건 물어가며 알아서 하고. 일단 알코올을 섭취할 생각이구만?

동수: 네. 분위기도 좀 편하게 만들 겸. 아무래도 술 마시면서 얘기하면 어색하지도 않고 ㅋㅋ

해정　오케이. 근데 9시 반에서 10시쯤 끊어.
2차 3차 가지 말고. 아쉬울 때
판 접어야 다음이 있는 거다. 알지?

ㅋㅋ 넵.　동수

해정　일전에 내가 말한 '스마이징' 기억하고 있지?
그거 너무 심하게 하면 이글아이된다.
변태처럼 보일 수 있음. ㅋㅋㅋㅋ

아직 잘은 못하지만, 해볼게요.　동수

해정　괜히 미적거리지 말고 좋아하면 티 팍팍 내.
여자는 육감이 발달해서 찔러보는 거랑
진짜 최선을 다하는 거랑 딱 구분한다.

넵! 참~ 꽃다발 사가려고 하는데 어때요?　동수

해정　썸녀한테? 첫 만남에 꽃다발? 오 마이 갓! 60년대냐?
여자 도망간다. 쪽팔려서. 그냥 밥이나 잘 사.

네;;;;; 그럼 다녀와서 후기 남길게요.　동수

여자의 기본 속성 세 가지를 명심하라.

첫째, 작은 것, 세심한 것에 감동한다.
둘째, 여자는 늘 특별해지고 싶다.
셋째, 열 번 찍으면 넘어가지만 열 번 찔러보면 밀어낸다.

### 여자는 작은 것, 세심한 것에 감동한다

남자는 사기남이 될 필요가 있다. 사소한 것도 기억해주는 남자. '구리 반지라도 좋아~'라는 노래 가사처럼 여자는 다이아 반지만 원하는 것이 아니다. 여자의 눈을 잘 따라가라. 길거리에서 무심코 시선이 머문 액세서리에 주목하라. 기껏해야 3,000원에서 10,000원 사이일 것이다. 당신이 정성스럽게 데이트코스를 짜고 스테이크를 사준다 할지라도 그 저렴한 액세서리보다 감동을 줄 수 없다.

내가 지금까지 받았던 무수히 많은(?) 선물 중에 가장 감동받았던 선물은 바로 키티 손수건이다. 키티 쇼핑백에 곱게 담긴 그 손수건. 시중가 10,000원 내외의 선물이 왜 최고의 선물이냐고? 그것은 내 남자친구가 나를 생각해서 나만을 위해 찾아온 것임을 알기 때문이다.

나는 키티 마니아다. 방 전체를 키티로 도배할 만큼 좋아한다. 당시에 나는 자전거를 새로 사서 집 앞 천변에서 라이딩을 즐겼는데, 벌레 들어가지 않게 입 가리고 다니라고 알바 끝나고 우리 집에 찾아와서 주고 갔다. 나중에 남자친구 핸드폰을 보다가 키티 매장이 어디에 있는지도 몰라서 친구들에게 수소문했던 사실을 알게 되고는 감동이 두 배가 됐다. 아주 작은 선물이라도 내가 좋아하는, 나에게 필요한 선물을 해주려고 노력한 모습이 나에게는 정말 소중했다.

## 여자는 늘 특별해지고 싶다

여자들은 특히 Speacial에 민감하다. 매달 나오는 물건이라도 한정판이라는 택 하나가 붙으면 새벽부터 줄을 서서 사는 게 여자다. 로맨틱코미디에 열광하고 특별한 대접을 받기 원한다. 여자라면 누구에게나 마음속 깊이 사랑받고 싶은 자아가 존재한다. 그래서 사랑받지 못하면 존재 자체가 위협받는 것처럼 느껴져 깊은 수렁에 빠져든다.

만일 여자가 지나치게 잘 토라지고 쉽게 상처받는다면, 애정 결핍이 마음속 깊이 뿌리내리고 있는 안타까운 여자라고 이해하면 된다. 그러니 이 여자가 나한테 왜 이러지? 나 괴롭히려고 이러나? 이렇게 생각할 필요 없다. 사랑에 목마른 상처받은 아이가 내면에 존재하고 있을 뿐이다. 여자는 남자한테 사랑받는다고 느낄 때 누구와도 비교 불가능한 스페셜한 사람이 된 것처럼 느낀다. 이런 기분을 이해한다면, 토 달지 말고 옆에서 묵묵히 들어 줘라.

생떼는 끝이 나게 마련인데 중간에 괜히 토를 달면 화가 몇 배로 커진다. 그러니 주의 요망! 마지막으로 모든 파도가 잠잠해졌을 때, 그럼에도 불구하고 너를 좋아한다는 것을 말로 표현해야 한다. "네가 짜증을 내고 신경질을 부려도 난 지금 있는 그대로의 네 모습이 좋아. 난 네가 좋다고."

### 열 번 찍으면 넘어가지만 열 번 찔러보면 밀어낸다

남자들에게 제일 부족한 것이 바로 표현력이다. 특히 마음을 말로, 눈빛으로, 표정으로 표현하는 능력 말이다. 여자들이 자꾸 나쁜 남자에게 빠지는 데는 이유가 있다. 그들은 여자들이 무엇을 원하는지를 안다. 외모에 대한 칭찬도 서슴없이 하며 상대를 원하는 마음을 적극적으로 드러낸다. 그만큼 여자들은 말, 표정, 눈빛 등으로 좋아한다고 표현해주는 것을 좋아라 한다.

남자들이여, 좋아한다면 그 마음을 표현하라. 여자는 찍는 것인지 찔러보는 것인지 직감적으로 안다. 상대가 나한테 관심이 있나 없나를 알아보려고 은근슬쩍 간 보는 행동을 한다면 여자는 당신을 밀어낼 것이다. 착각하지 마라. 열 번 톡을 보내는 것은 결코 열 번 찍는 것이 될 수 없다. 열 번 찍으면 넘어가지만 열번 찔러보면 밀어낸다. 한 번의 도끼질에도 온힘을 다하는 것이 나무꾼이다. 나무를 찍어 쓰러뜨리려면 진정한 나무꾼이 돼라.

# 여자의 코드를 읽어라 *

남자들이 여자에 대해 오해하는 것이 있는데 무조건 명품, 무조건 비싼 선물을 좋아할 것이란 점이다. 물론 명품 선물이 싫을 리야 없다. 그러나 여자들은 정성이 담기지 않은 비싼 선물을 받는 것보다 남자의 세심한 애정과 관심, 배려를 느낄 때 더 감동받는다. 여자라면 누구에게나 마음속 깊이 사랑받고 싶은 자아가 존재하기 때문이다. 그렇다면 여자를 감동시키기 위해서는 특히 어떤 점에 주의해야 하는지 살펴보자.

### 구체적으로 칭찬하라

흔하디흔한 칭찬은 오히려 마이너스, 구체적인 칭찬으로 관심을 표현하라.

**예시 :** 오늘 옷 색깔이 참 화사하네요. 흰 얼굴이랑 잘 어울려요. 피부가 정말 좋은 것 같아요. 패션 센스가 장난 아니시네요. 손이 예뻐요.

♥♥♥♥♥♥♥♥♥♥♥♥♥♥♥♥♥♥♥♥♥♥♥♥♥♥♥♥♥♥♥♥♥♥♥♥

구체적인 칭찬으로
관심을 나타내!

칭찬!
구체적!

지난 고백 실패 이후 특훈을 받은 동수,

블라우스 예쁘다!
피부가 보여서 뭐든
잘 어울리나봐

왜 좋게
그런가?

응 예뻐! 펄써도우 했네?
핑크 계열보다  오렌지톤이 정말 잘 어울린다~
속눈썹도 붙였어?        시세#도 뷰러가
좋다던데 넌 굳이        안 해도 되겠다
오늘 화장이..            블라우스가 ……

이 오빠
뭐지…

아이라인 오양도
요즘 새딩이…   칭찬
조잘
칭찬        조잘

특훈을 단창 잘못 이해한 동수였다.

♥ ♥ ♥ ♥ ♥ ♥ ♥ ♥ ♥ ♥ ♥ ♥ ♥ ♥ ♥ ♥ ♥ ♥ ♥ ♥ ♥ ♥ ♥ ♥ ♥ ♥ ♥ ♥ ♥ ♥ ♥ ♥ ♥

### 바뀐 것을 알아차려라

옷차림, 헤어스타일, 손톱 등을 주시하라. 상대방에게서 한시도 눈길을 멀리해서는 안 된다. 특히 손톱에 신경을 쓴 것 같다면 꼭 칭찬할 것. 그러나 화장은 가급적 언급하지 않는 게 좋다. 어설픈 코멘트가 불편함을 유발할 수 있으니 주의 요망.

### 알면서 모른 척하라

여자가 생각하는 남자의 미덕은 '약간의 둔감함'이다. 나를 아껴주고 예뻐해주는 것은 좋으나 여자처럼 시시콜콜 다 안다고 알은체하는 남자는 무서울 수도 있다. 다 파악했더라도 입 밖에 꺼내지 말고 조용히 챙겨줘라. 오늘은 화장이 잘 먹었다는 둥, 눈썹 산 모양이 다르다 둥 말하는 순간, 당신은 친구행 급행열차에 오른 셈이다.

> **코멘트 1.** 화장이 잘 먹었네요. 오늘 펄셰도 발랐어요? 이쁘다. (친구행 열차 탑승)
>
> **코멘트 2.** 오늘따라 예쁜데요? 뭔가 달라 보이는데…… 뭐 때문이지? (이성행 열차 탑승)

♥♥♥♥♥♥♥♥♥♥♥♥♥♥♥♥♥♥♥♥♥♥♥♥♥♥♥♥♥♥♥♥♥♥♥♥♥♥♥♥♥

# 여성스러운 남자, 남성스러운 여자

### Chapter 5

수정
성적 매력이 있는 사람 중에 롤 모델 삼을 만한 사람이 있을까요? 스마이징 어려워요 ㅠㅠ

동수
요즘 친구들이 눈에 띄게 느끼해졌다고 놀림 ㅠㅠ

해정
성적 매력은 결국 호기심이거든. 저 사람을 알고 싶다, 그런 느낌을 만들어주는. 조르주 상드라고 들어보셨나?

동수
어? 남장했던 여류 소설가 맞죠?

수정
아~ 그 쇼팽이랑 사귄 여자?

해정
응. 연애위인은 크게 세 가지 덕목이 있음. 강한 개성, 적극성, 새로움. 조르주 상드는 이 모든 걸 다 갖춘 여자지. 남장만 한 게 아니라 시가도 피우고 말투도 거칠고 거의 상남자였다고. 요즘으로 치면 보이시한 여자인 셈인데, 아무리 남자처럼 굴어도 여자는 여자야. 게다가 상드는 글 쓰는 작가였고, 당시에 여자들은 집에서 살림만 했으니 상드가 얼마나 새로운 캐릭터였겠니.

동수
엄청 눈에 띄었을 것 같아요.

해정
남자들의 이상형은 오늘 처음 본 여자라는 말도 있잖아 ㅋㅋ

수정
ㅋㅋ
ㅋㅋㅋㅋ
ㅋㅋㅋㅋㅋ
ㅋㅋㅋㅋ

해정
암튼 상드가 쇼팽이나 리스트 같은 예술가들이랑 연애를 많이 했는데, 먼저 접근했다가 먼저 찼대.

수정
부럽다! 상드 언니.

해정 여자는 여성스러워야 한다는 둥, 남자는 남자다워야 한다는 둥
그런 말을 많이 하는데... 연애 현실을 보면 남성스러운 여자나
여성스러운 성향의 남자가 인기가 많다니까.
여성성은 배려하고 공감하고 사소한 것 잘 기억해주는 기잖아.
남자들은 이런 거에 감동 안 받지. 그런데 이걸 여자한테 해봐.
감동의 도가니~ 페북, 인스타에 사랑꾼 냄새 진동하게 올리지.
안 그러냐?

맞는 듯. 남자들은
그냥 내버려두는 걸 좋아하죠.  동수

사랑꾼 냄새 ㅋㅋㅋㅋ  수정
그럼 조르주 상드처럼
먼저 적극적으로 다가서고
남자처럼 구는 여자가
인기가 많겠네요?

해정 그치. 통념상으론 남자가 적극적인 게 맞아.
실제로 여자가 고백하는 경우는 드무니까.
그래서인지 남자들도 여자가 고백하거나
하면 그때부터 신경이 쓰인다고 그러던데?

확실히 여자가 먼저 고백하면 색다를 듯.  동수

해정 남성성의 미덕이 뭐냐?
진취적이고 적극적이고, 작은 건 넘어가주고.
뭔가 기존의 캐릭터와 차별성을 가지면
확실히 튀지. 인기를 얻으려면 일단 튀어야 됨.

여성스러운 남자의 표본은  동수
누가 있을까요?

해정 동수? ㅋㅋ 넌 자질이 있어.
이성적 흡입력이 덜해서 그럴지.

이렇게 죽이시는 건가요. 엉엉  동수

흔히 여자다운 여성, 남자다운 남성이 인기가 많을 거라 생각하지만 땡! 틀렸다. 오히려 남성스러운 여자, 여성스러운 남자가 이성에게 인기가 많다. 왜냐고? 너무 당연한 거 아닌가. 화성에서 온 여자, 금성에서 온 남자라는 말처럼 여자의 뇌와 남자의 뇌는 철저하게 다르다. 서로의 인식 체계를 이해하지 못해서 생기는 오해가 많다. 그런데 여성의 언어를 잘 이해하는 남자가 있다면? 훨씬 수월하게 의사소통이 될 것이다. 여자를 이해해주는 남자는 결국 여성성을 많이 가지고 있을 확률이 높다. 반대의 경우도 마찬가지다.

### 여자다워야 한다거나 남자다워야 한다는 강박에서 벗어나라

실제로 수동적이고 참한 현모양처와 같은 전형적인 여성이 남자들이 선호하는 이미지인 것으로 비춰지지만 반대 타입이 더 많은 구애를 받는 것으로 확인됐다. 미국 온라인 데이팅 사이트인 '오케이 큐피드'에서 매칭 데이터를 분석한 결과, 누구나 선호하는 괜찮은 여자보다 자기 개성이 뚜렷해서 호불호가 나뉘는 여자가 더 많은 쪽지를 받았다.

누구나 선호할 법한 타입은 인기가 많아서 나에게 기회가 없겠지 하고 그냥 포기한다. 반면 특정 매력이 있는 타입은 나만

끌리겠지 하는 생각에 쪽지를 보내게 된다는 것이다.

조르주 상드는 희소성의 가치를 잘 알고 있는 여장부였다. 당시 모든 여성들이 전업주부로 평범한 삶을 살 때 여자로서 글을 쓰는 전문직에 종사한 것부터가 이슈였다. 여자 이름으로 쓴 자신의 글이 거절당하자 남자 이름으로 고쳐서 도전할 만큼 적극적이고 도전정신이 강했다. 남자 옷을 입고 남자처럼 거칠게 행동하며 시가도 피웠다. 그런 그녀가 당시의 남자들에게 얼마나 신선하고 새롭게 느껴졌을까.

그녀는 남자들과 대등한 직업을 가지고 있어 말이 통하는 것은 물론이요, 월등한 재력으로 쇼팽 등의 예술가들을 후원해주며 그들의 뮤즈가 되곤 했다. 그래서 당대 유수의 예술가들과 교제하며 인기를 누렸다. 마타하리가 서양남자들의 오리엔탈리즘을 자극한 무희였다면, 조르주 상드는 톰보이적 매력을 발산한 여자였다.

로맨틱코미디 영화의 시조격인 〈엽기적인 그녀〉에서 남자주인공인 견우(차태현)는 남자답기보다 여성스러운 면이 더 강한 캐릭터였다. 오히려 그녀인 전지현에게 남성답고 터프한 면이 많았다. 견우는 발 아픈 여친을 위해 하이힐을 신는 배려심, 강의실에서 고백 이벤트를 받고자 하는 그녀를 위해 여대 강의실에 들어서는 용기, 다른 남자와 선을 보는 그녀를 욕하기는커녕 상대방 남자에게 그녀가 좋아하는 것을 읊어주는 넓은 마음을 지녔다. 이 영화는 10년이 지나도 여전히 로맨틱 영화 하면 떠오르는 고전 중의 고전이다.

### 세상이 원하는 정체성이 아닌, 나만의 정체성이 중요하다

배려, 경청, 섬세함 등은 여성스럽다고 생각되는 특징이다. 여자들은 강하게 이끌어주는 리더십에도 반하지만, 여자에 대해 알려고 노력하는 모습에 더 마음이 끌린다. "저번에 네가 말했잖아. 이거 좋아한다고"와 같이 별것 아닌 듯 보이는 부분을 기억해주는 모습에서 여자는 남자가 자신을 존중하고 있다고 믿고 점점 마음을 기울이게 된다. 특히 여자도 미처 깨닫지 못했던 자신의 세세한 습관이나 취향을 기억해준다면, 그 어떤 고백보다 더 강렬하게 여자의 마음을 움직일 수 있다.

여자도 마찬가지다. 평소에 꼼꼼히 구석구석 챙겨주었다면 가끔은 남자에게 숨통 트일 시간을 주자. 혼자 배 까고 누워 만화도 보고 미친 듯이 게임도 하고 맥주 캔 흔들어가며 축구에 열광할 시간. 그 시간만큼은 남자처럼 쿨하게, 상대방을 풀어놓아줄 줄 알아야 한다.

간만의 'Man's time'을 견디지 못하고 "뭐 해?", "밥 먹었어?", "어제 피곤했다며, 좀 쉬지" 등 챙기는 건지 잔소리를 하는 건지 경계가 애매한 소리를 하게 되면 그것이야말로 남자의 마음을 지치게 만드는 지름길이다. 무심한 듯 내버려두는 것도 배려임을 잊지 말자.

남자는 남자다워야 하고 여자는 여자다워야 한다는 고정관념에서 벗어나자. 모두에게 인정받기보다 단 한사람에게 인정받는 사람이 될 필요가 있다. 특정한 누군가에게 어필하는 매력을 가진다면 당신의 주가는 분명 올라갈 것이다.

복음말씀
제너럴리스트보다
스페셜리스트가 되자

# 남자의 패션 센스*

Too much 금지! 패션의 핵심은 절제의 미다! 포인트는 한 군데
만! 너무 멋을 냈다 싶은 패션은 오히려 독!

삼색원칙을 기억하라! 옷, 가방, 구두 모두 제각각 놀아나는
색 조합은 Terrible! 센스 있는 남성은 삼색 안에서 자유로운 패
션을 구사한다. 그렇다고 올 블랙이나 올 화이트의 무리수는 두
지 말 것. 브랜드로는 유니클로나 자라를 추천한다. 무난하고 깔
끔한 남성의 이미지 스파 브랜드라 유행을 타지 않고 세련되며
캐주얼한 남성 이미지 구축에 도움이 될 것이다.

### 계절에 맞는 옷을 선택하라

아무리 멋있어도 추운 한겨울에 목이 훤히 드러나 보이는 셔
츠에 정장 코트 하나 덜렁 입고 영화 〈대부〉에나 등장할 것 같은
목도리를 두르고 나온다면……. 상상조차 하기 싫다. 적당히 계
절에 어울리는 옷을 입어야 한다. 만일 패딩을 입는다면 지나친
원색에 미쉐린 타이어처럼 볼록볼록한 스타일은 피할 것. 그리
고 손때와 생활 때가 묻어서 반질반질하게 윤이 나는 옷이라면

♥♥♥♥♥♥♥♥♥♥♥♥♥♥♥♥♥♥♥♥♥♥♥♥♥♥♥♥♥♥♥

더더욱 피해야 한다. 그런 옷차림은 내추럴하게 보이는 게 아니라, 정말 성의 없어 보이기 때문이다.

### 헤어만큼은 돈을 투자하라

남자 머리는 커트가 생명이다. 인터넷에서 마음에 드는 헤어스타일을 찾아보고 그 스타일을 구현해낸 헤어 디자이너를 찾아가자. 남자 커트는 비싸야 25,000원에서 30,000원 사이다. 참고로 여자 머리의 커트비용이 최소 50,000원이라는 것을 알면 좀 덜 억울하려나. 정말 스타일링에 자신이 없다면 소개팅 당일, 헤어숍에서 드라이나 스타일링을 받는 것도 좋다. 실제로 내 친구 중 하나는 소개팅할 때마다 드라이를 받고 나간다. 본인이 스타

평소 본인의 스타일에 대해 고민하던 동수,

♥♥♥♥♥♥♥♥♥♥♥♥♥♥♥♥♥♥♥♥♥♥♥♥♥♥♥♥♥♥♥♥♥♥♥♥♥♥♥♥♥♥

Part 2

일링에 소질이 없다고, 아무렇게나 하고 나갈 일이 아니다. 여자
가 자신을 최대한 가꾸고 소개팅에 나오는 것처럼 남자들도 노
력이 필요하지 않을까? 개인적으로 컷을 할 때 헤어디자이너와
많은 대화를 나눌 것을 권한다. "현빈 머리 해주세요"가 아니라
내 얼굴의 단점을 보완하고, 장점을 살릴 헤어스타일에 대해 이
야기를 나눠라. 그리고 커트는 반드시 잘하는 곳을 세 군데 이상
추천받아서 가보라. 아니면 연예인들이 많이 가는 곳을 찾아가
는 것도 좋다. 검색하면 다 나온다. 좀 더 부지런해지자!

♥♥♥♥♥♥♥♥♥♥♥♥♥♥♥♥♥♥♥♥♥♥♥♥♥♥♥♥♥♥♥♥♥

♥ Part 3 ♥

# 연애 직전, 썸남썸녀의 밀당게임

연애의 고수는 밀당이 즐겁고 하수는 괴롭다.
고수는 썸 자체를 즐기고 하수는 빨리 관계를 정의하려 하기 때문이다.
고수에게 있지만 하수에게 없는 것은 바로 여유.
상황에 휘둘리지 말고 상황을 즐기며 내 것으로 만들어라.

# 괜찮은 사람을 찾나요?

Chapter 1.

언니 말대로 먼저 고백이라도 하고픈데 당최 남자가 없어요 ㅜㅜ  수정

어이 상실...

세상의 반이 남자거든.  동수

괜찮은 남자는 진짜 없다니까요. 다 어디 숨어 있나봐.  수정

호랑이를 잡으려면 호랑이 굴에 들어가야지.  해정
괜찮은 사람 만나려면 괜찮은 곳으로!!
근디 너가 생각하는 괜찮은 남자는 어떤 남잔데?

보편적인 기준 말고 너의 절대  해정
기준이 중요해. 솔직해져라잉~

전 피부 보는 것 같아요.  수정
피부가 안 좋으면
정이 안 가는 것 같음요 ㅜㅜ

저는 예쁜 여자 ㅋㅋㅋ  동수

남자들이란...  수정

수정아, 걱정 마. 남자들이 생각하는  해정
예쁨도 다 주관적이다!
동수야, 넌 뭘 보고 예쁘다고 해?
다리? 눈? 비율?

목선이 예쁘고 몸의 선이 가녀린 사람이 좋더라고요.  동수
아이유처럼 똥머리 잘 어울리면 더 좋고.

어이상실

수정

해정 됐고!! 일단 음과 양, 연한 색과 진한 색, 파란색과 붉은색, 관계주도형과 관계수동형 중 둘은 어떤 타입인지 먼저 생각해봐.

전 연한 색, 파란색, 관계수동형. 고르고 보니 뭔가 일관성이 있어 보이긴 하네요~ 수정

음... 진한 색, 파란색, 관계주도형. 동수

해정 내가 어떤 성향인지 알면 상대가 보인다. 사람은 자기랑 비슷한 사람한테 끌려. 그런데 잘 맞는 건 반대의 타입이지.

뜨악!

반대가 잘 맞을 거라고요? 동수

다르면 많이 싸우지 않아요? 수정

해정 물론 처음엔 그럴 수 있어. 톱니바퀴 생각해봐. 서로 요철이 맞물려 돌아가면서 유연하게 움직이잖아. 둘이 똑같이 튀어나온 부분끼리 맞물리면 엄청 부딪치고, 들어간 부분끼리 만나면 서로 자극이 될 만한 지점이 없겠지. 밍숭밍숭하게.

괜찮은 사람은 나랑 정반대일 수 있다... 이거네요. 동수

해정 바로 그거지.

설교 사람들은 자꾸 잊어버린다. 본인들이 60억 인구 중 단 하나의 존재라는 사실을. 그래서 "괜찮은 사람 좀 소개시켜줘"라는 말이 얼마나 어려운 부탁인지 깨닫지 못한다. '괜찮은 사람'에 대한 정의는 사람마다 모두 다른데 어찌 알고 그런 사람을 소개시켜줄 수 있단 말인가.

**모두에게 괜찮은 사람은 누구에게도 괜찮은 사람이 아닐 수 있다**

모두에게 괜찮은 사람이란 세상에 존재하지 않는다. 만일 지금 나에게 미 합중국 대통령인 오바마가 청혼을 한다면? 난 아무래도 거질할 것 같다. 난 연하가 좋으니까. "너 같은 평범한 인간이 오바마가 청혼하면 감지덕지해야지 무슨 짓이야!"라고 욕할 수 있다.

그러나 이런 비슷한 상황은 현실에서 비일비재하게 일어난다. 객관적으로는 참 괜찮은데 안 끌려서 나에겐 별로인 사람, 너무 별로인데 나는 죽을 만큼 좋아죽겠는 사람. 이런 반전이 거듭되는 곳이 연애시장이다.

진화생물학에 따르면, 서로에게 끌리는 이성은 반대의 형질을 가졌을 가능성이 높다. 왜냐하면 우리 몸은 더 업그레이드됨으로써 살아남기에 적합한 유전자를 남겨야 한다고 프로그래밍되어 있기 때문이다. 그래서 본능적으로 다른 유전자를 가진 사람에게 끌린다는 것이다.

일전에 EBS에서 했던 실험이 이를 뒷받침해준다. 남녀 모두가 운동을 한 후 땀에 젖은 옷을 밀폐 용기에 넣었다. 그리고 각각 냄새를 맡게 했는데 가장 끌리는 냄새는 본인과 반대되는 DNA를 가진 사람이었고, 가장 불쾌한 냄새는 자신의 것이었다.

사람은 본인에게 없는 것을 찾고 그것을 보고 아름답다고 느낀다. 학력 콤플렉스를 가진 사람은 학력이 높은 사람에게 더 끌리고, 외모 콤플렉스를 가진 사람이 타인을 평가할 때 외모에 더 많은 비중을 두는 것도 같은 이치다. 그래서 괜찮은 사람은 나와 반대되는 타입일 확률이 높다.

### 나의 결핍을 채워주는 사람을 눈여겨보라

나는 살면서 이상형이 단 한 번도 바뀐 적이 없다. '나 같은 사람'. 나처럼 말 잘하고 재치 있고 유머코드가 통하며 책을 좋아하는 남자가 이상형이었다. 그래서 늘 비슷한 문과의 남자들만 만났고 그들과 재미있게 연애를 잘해왔다. 지금의 남자친구를 만나기 전까지는 말이다.

지금 남친은 처음에는 상당히 거슬렸다. 모든 것이 나와는 정반대여서 통하는 점이 하나도 없었다. 모든 일을 꼼꼼하고 완벽하게 처리하려는 모습은 답답하기 이를 데 없었고, 자신의 감정을 통제하고 절제하려는 모습을 보면 숨이 막혔다. 그렇게 답답하고 숨 막히는 사람이 지금 내 옆에서 안정감 있고 행복한 연애란 무엇인지 제대로 깨닫게 해주고 있다.

나와는 달랐던 남자친구와 초반에 갈등도 꽤 있었다. 아래에 썸 탈 때 남자친구와 했던 통화 내용을 적어본다.

**[전화 통화]**

**나 :** 아니, 이렇게 사람이 감정변화가 없어요? 슬픈 일을 겪으면 눈물이 나고 마음이 아프고 감정이 흐트러지는 게 당연하지 않아요?

**J군 :** 나는 비슷비슷해요. 마음의 동요가 크게 없는 편이에요.

**나 :** 나는 인간은 그럴 수 없다고 생각해요. 지금 스스로 감정을 엄청 억누르는 것처럼 보여요.

**J군 :** 누구나 다 자기 감정을 드러내고 살 수는 없는 거잖아요.

**나 :** 지금 J군의 그런 평온함을 깨버리고 싶어요.

나의 이런 도발적이고 강렬한 멘트에 호기심을 가졌다는 남자친구. 본인과 정반대의 모습에서 매력을 느꼈다고 한다. 매사에

거침없고 시원시원한 모습에서 카타르시스마저 느꼈다고.

다른 사람에게 괜찮은 남자? 여자? 필요 없다. 나한테 괜찮은 사람인지가 중요하다. 그러려면 본인이 어떤 타입인지 잘 파악하고 있어야 하며 동시에 상대방을 세밀히 관찰하는 태도가 필요하다.

> **복음말씀**
> 괜찮은 사람은
> 나의 결핍을
> 채워주는 사람이다

# 나는 어떤 타입일까?*

아래 내용 중 더 많이 체크된 쪽이 당신의 타입이다.

| 음 | 양 |
|---|---|
| 연한색 | 진한색 |
| 파란색 | 붉은색 |
| 관계수동형 | 관계주도형 |

**음 타입 :** 여러 사람을 만나는 것보다 자기 자신을 알아가는 것을 더 선호한다. 무리에서 튀는 것을 좋아하지 않으며 차분하고 이성적인 편이다. 앞에 나서는 리더보다는 조용히 뒤를 따르는 팀원이 되는 것이 편하다. 놀이공원이나 야외 스포츠보다는 공연 관람, 자연 속의 산책 같은 것을 더 좋아하고 특별한 일이 없으면 집 밖으로 잘 나가지도 않는다. 꼼꼼하고 계획적인 편이고 주변 정돈에 능하다. 차분하게 전후좌우 사정을 따져서 논리적으로 해결하는 일에 강하고 돌발적인 상황이 오면 쉽게 당황하는 편이다.

♥♥♥♥♥♥♥♥♥♥♥♥♥♥♥♥♥♥♥♥♥♥♥♥♥♥♥♥♥♥♥♥♥

모험보다는 안정을, 튀지 않고 묻어가는 것을 더 선호하는 편인 음의 사람은 자칫 소극적이라는 평가를 받을 수 있다. 하지만 무서운 건 한번 돌아서거나 화가 나면 걷잡을 수 없을 정도로 싸늘해진다는 점이다. 참지 말고 그때그때 자기 감정을 표현하는 게 필요한 사람이기도 하다.

양 타입 : 혼자 있는 것보다 여러 사람들과 함께 있을 때 에너지를 얻는다. 자기 자신의 기분이나 감정을 표현하는 데에 능숙하며 밝고 생기 있는 타입이다. 자기 주장을 드러내는 것을 두려워하지 않는다. 무리의 우두머리나 리더로서 팀을 이끄는 것을 선호한다. 집에 있으면 좀이 쑤셔서 견디지 못한다. 청소를 해도 대청소, 음식을 해도 한솥, 정리를 해도 대대적인 이사급의 정리를 해야 직성이 풀리는 사람이다.

즉흥적이지만 순발력이 강하고 논리보다는 임기응변에 더 능숙하다. 성격이 불 같아서 다혈질이라는 말을 듣기도 하지만 뒤끝이 없고 사실은 누구보다 다정다감한 사람인 경우가 많다. 늘 번잡하고 분주해 보이지만 이런 사람들이 한번 꽂히면 그야말로 끝장을 보는 집중력과 집요함을 가졌으니, 매사에 완급 조절이 필요한 성격이다.

♥ ♥ ♥ ♥ ♥ ♥ ♥ ♥ ♥ ♥ ♥ ♥ ♥ ♥ ♥ ♥ ♥ ♥ ♥ ♥ ♥ ♥ ♥ ♥ ♥ ♥ ♥ ♥ ♥ ♥ ♥ ♥ ♥ ♥ ♥

# 연애는 정보전
## Chapter 2

근데 누나~
그런 파악은 어떻게 하고
어떤 식으로 구분해야 해요?
기준이 애매하지 않아요? 동수

해정 누가 공대생 아니랄까 봐.
도식화를 해야 하는구나.

ㅋㅋㅋㅋ 수정

ᄴ…… 동수
?????

해정 일단은 정보수집

아… 저번에 썸녀랑 데이트할 때처럼
인스타 같은 거 찾아보고 그런 건가요? 동수

해정 뭐든 좋아. 모든 수단을 동원해.
단, 절대 상대한테 들키지 말 것.
공포심을 줄 수 있음. ㅋㅋ

공포영화죠~ 완전 스토커 으으 수정

해정 자꾸 사람들은 연애가 뭔가 신성한 것이라도
되는 양 생각하는 것 같아. 우연히 이루어지고
자연스럽게 흘러가는 운명(?)을 기다리지.
하지만 연애도 결국 많이 해보고 깨져본 사람이 잘해.
성공률을 높이려면 어떻게 해야 할까?

적을 알고 나를 안다? 수정

해정 응. 상대방에 대한 정보가 많이 필요해.
대화를 통해서든 온라인을 통해서든.
미국이 강대국인 게 사실 정보를 가장 많이
가지고 있어서잖아. 결국은 정보가 힘이야.

첩보전을 방불케 하는
연애 대작전! 동수

근데 그걸 다 기억할 수 있어요? `수정`

`해정` 당연히 기억 못 하지. 그래서 '관찰일기'를 써야 해.

아 하! `수정`

어떤 식으로 쓰면 돼요? `동수`

`해정` 어디다 적는지는 상관없고 매일 그 혹은 그녀에 대해
알게 된 것들을 기록해나가는 거야. 예를 들면 오늘 날짜 적고,
'수정이와 맥도날드 아이스크림을 맛있게 먹었다'라고
팩트를 적어. 여기서 유추 가능한 것은 수정이는 맥도날드
아이스크림을 맛있게 먹는 애라는 거지. 그리고 나와의 접점을 찾아봐.
나는 아이스크림은 좋아하는데 맥도날드는 싫어한다.
그러면 우리 둘 사이 접점은 아이스크림이 되겠지.
이제 다음 데이트나 대화시에 '아이스크림'이라는
키워드를 활용하면 되겠다는 공식이 생겼지?

우와~ 쩔어요. 대박!! `동수`

근데 이거 여자들끼리는
자연스럽게 잘하지 않아요?
그냥 수다 떨면서... `수정`

`해정` 맞아. 그래도 적어봐. 놓쳤던 부분이 뭔지
한눈에 보이거든. 이렇게 계속 정보를 수집하다 보면
자연스럽게 기록을 보지 않아도 행동이 쓱쓱 나오는
순간이 오지. 그걸 보고 우리는 '센스'라고 부름.

센스의 탄생 `수정`

저 지금 진짜 감동받음요. 이해가 돼요, 한번에.
그동안의 고민이 싹 해결된 기분? `동수`

`해정` 굳이 이렇게까지 해야 하나...
그런 생각하지 말고 일단 한번 해봐.
이게 묘한 게 나도 몰랐던 내 취향을 알게 된다니까.

감동

설교 친한 언니 K는 누가 봐도 예쁜 얼굴은 아니다. 못생긴 건 아니지만 예쁘다는 말을 들을 만큼 미모가 뛰어나지도 않다. 정말 말 그대로 평범 그 자체인 사람이다. 그런데 그 언니를 만나본 사람들은 모두 이구동성으로 "센스 짱!"을 외친다. 그리고 그녀에게 폭 빠져버린다. 남녀노소 상관없이 인간적인 매력에 흠뻑 젖어드는 것이다.

### 센스는 결국 정보력에서 나온다

사실 그 언니가 사람을 만나서 하는 건 별다른 것이 없다. 부담스럽지 않게 상대방의 눈을 응시한 채 얘기를 들어주면서 고개를 끄덕이거나 "진짜?", "정말?", "세상에" 등의 말로 진심을 다해 맞장구를 쳐준다. 그리고 자신의 의견은 길지 않게, 하지만 정확하게 전달하고, 헤어진 후에는 이러이러해서 좋았다고 짧은 문자를 남긴다. 그리고 꼭 그 사람에 대한 짧은 메모를 해두고 다시 만나기 전에 한번 복기한다.

그 결과 사람들은 스치듯 한 고양이 얘기를 기억하고 스윽 내미는 작은 고양이 장난감에, 먹지 않는다고 흘리듯 말한 반찬을 알아서 치워주는 그녀의 센스에 감동하는 것이다.

그녀가 하는 메모가 일종의 관찰일기인 셈인데, 이 관찰일기의 좋은 점은 막연히 머릿속에 있는 것을 끄집어내준다는 것이다. 나와 그, 그녀의 교집합을 알고 싶어도 수많은 정보들 사이에서 헤매다 끝내 찾지 못하는 게 우리의 일상. 관찰일기를 보며 상대와 나의 교집합을 표시해보자.

예를 들어 나는 수족냉증이 심해서 겨울엔 털 부츠와 핫팩 없이는 못 사는 사람이다. 그럼에도 종종 핫팩을 깜박하곤 하는데 그런 날엔 죽음이다. 이런 나를 지켜보는 누군가가 있다면 그의 주머니에는 핫팩이 항시 대기중이어야 할 것이다. 그러다 내가 핫팩이 없어 추위에 떨고 있는 순간 왕자님처럼 나타나 나에게 핫팩을 쥐어준다면, 나는 그의 세심한 배려에 감동할 것이다. 이런 것을 '센스'라고 일컫는다. 센스는 결국 정보더미에서 탄생하는 셈이다.

물론 매번 계산하고 고민해야 한다면 피곤해서 도저히 연애고 뭐고 할 마음이 나지 않을 것이다. 하지만 다행히도 이 센스라는 것은 자꾸 발휘하다 보면 어느 순간부터는 습관처럼 툭 튀어나오게 되므로, 조금만 신경 쓰면 금세 익숙해진다.

**정보를 모았다면 메모하고 기억해둔 뒤 활용하자**

우물가에 도착한, 목이 마른 왕건에게 버드나무 잎을 띄워 물을 건넨 여인이 그 전에 왕건을 만난 적이 있었겠는가? 아니다.
아마도 그녀는 '한참 말을 타고 나면 남자도, 말도 목이 마르다.
이때 급하게 물을 마시면 체한다. 물 먹고 체한 데는 약도 없다.
이런 남자를 몇 번 봤다. 남자가 말 타고 달려오다 물을 먹고 싶
어하면 천천히 마시게 해야겠다'라는 일련의 정보와 그 정보에
의거한 본인만의 논리가 있었을 것이다. 때문에 왕건이 헉헉거
리며 우물가에 도달했을 때 자연스럽게, 센스 넘치게 버드나무
잎을 띄워 물을 건넨 것이리라.

　그녀처럼 모든 것을 기억할 수 없다면 짧게라도 메모를 하라.
메모가 당신을 센스쟁이로 만들어줄 것이니.

# 관찰일기의 좋은 예*

★ 관심녀 프로필
- 이름 :
- 나이 :
- 신체적 사항 :
- 하는 일이나 전공 :
- 집 :
- 좋아하는 것 :

☞ 201*년 ○○월 ○○일
- 첫 만남
- 이름은 ○○○. 분홍색 재킷을 입고 청스커트를 입었다. 수지를 닮은 청순함.
- 아이스크림을 좋아함.
- 웃는 게 예쁨.
- 떡볶이를 같이 먹음.
- 아직 말이 별로 없다.

☞ 201*년 ○○월 ○○일
- 카톡을 주고받음. ㅋㅋㅋㅋ를 많이 사용함.
- 바로바로 답이 옴. 영화를 좋아한다고 함.
- 전공은 미술. (데이트시 전시회 갈 것)

▶밑줄은 나와 같은 취향

♥ ♥ ♥ ♥ ♥ ♥ ♥ ♥ ♥ ♥ ♥ ♥ ♥ ♥ ♥ ♥ ♥ ♥ ♥ ♥ ♥ ♥ ♥ ♥ ♥ ♥ ♥

### 그녀의 100문 100답 작성

일주일 단위, 혹은 열흘 단위로 리뷰하면서 나와 그녀의 공통분모에 동그라미를 쳐보자. 데이트 신청시 참고할 만한 사항은 밑줄을 긋고 색 볼펜으로 표시하자.

### 교집합을 찾아보자

자, 관심녀 관찰일지 첫 장에는 관심녀 마인드맵을 그려보자. 종이 한가운데 관심녀의 이름을 써놓고 떠오르는 단어를 선으로 연결해보자. 그 단어에서 떠오르는 이미지는 모두 적어보자. 그렇게 적어놓은 관심녀 마인드맵과 내 마인드맵을 함께 놓고 교집합을 찾자. 교집합을 찾았다면 절반 이상 공략한 것이다. 이제 나의 썸녀가 되는 날이 머지않은 셈이다.

# 갑은 밀당을 즐긴다

**Chapter 3**

동수 여자 마음 읽을 수 있는
돋보기라도 있으면
전 재산 팔아서 살 판임.

해정 왜? 뭔 일 있어?

힝!

동수 문자로는 사귀는 것 같기도 하고
아닌 것 같기도 해서 애매한데...
정작 뭔가 진지하게 던지면 훅 멀어져요.

해정 만나자고 해봐.

동수 만나자면 만나긴 해요.
튕기진 않아요. 근데 결정적인
순간에 빠져나간다고나 할까.
꼭 바보된 것 같아요.

해정 ㅎㅎ 여자가 고수네.

동수 저도 그런 줄 알았는데 아닌 것 같아요.
평범한 여대생이에요. 제가 선물을 했는데,
뭔 의미로 주는 거냐고 묻는 거 보면
눈치 없는 미련둥이 같기도 하고...

해정 아주 평범해 보이는 여인네들이 외려
더 인기도 많고 어장관리도 많이 하는 걸 모르나 봐.
화려한 외모의 친구들이 고독한 경우도 의외로 많고.
외모만으로 다 판단할 순 없어.
그래서 고수는 즐기고 하수는 똥줄이 타는 것이지.

동수

해정 밀당 말이야. 사실 연애의 참맛은 밀당 아냐?
이 사람이 날 좋아할까 안 좋아할까 혼자 상상하고
추측하는 데서 오는 설렘. 난 그랬는데^^

하 아...

그냥 좋아하면 좋아한다고 말하면 안 돼요? 동수
왜 서로 밀고 당기고 하는 건지...

해정 그 친구가 덥석 네 마음 받아주면
네 마음이 천년만년 변하지 않고
포에버 러브가 될 것 같아?

아?! 그건... 동수

해정 너도 네 마음의 한치 앞을 모르는데 그녀라고 알겠어?
그리고 단번에 안 잡히고 잡힐 듯 말 듯 하니까
네가 더 헛갈리는 거 아닐까? 밀당은 남자를 위한 것 같은데...
남자의 승부욕을 자극하는 연애기술?

그건 그런데 ㅠㅠ 동수

해정 지금 그녀랑 잘 되고 싶다면 이제 밀어봐.
지금껏 당겼으니까. 너도 한번 밀 때가 된 듯.
연락 딱 끊어봐.

그러다 영영 연락이 끊기면요? 동수

NO NO NO NO
NO NO NO NO
NO NO NO NO
NO NO NO
NO NO NO NO

해정 그럼 끝이지. 관심없다는 거잖아.
어장관리할 필요도 없을 정도로.

아~ 그러네요. 동수

연애 고수와 하수의 차이는 '밀당을 대하는 태도'에서 드러난다. 고수는 즐겁고 하수는 괴롭다. 고수는 썸 자체를 즐기고 하수는 빨리 관계를 정의내리고 싶어한다. 고수에게 있지만 하수에게 없는 것, 그것은 바로 '여유'다. 시종일관 밀당하는 상대의 마음에는 별 관심이 없다. 그저 썸 타는 지금 이 순간이 재미있을 뿐. 상대가 아니면 어떠랴, 어장에 또 다른 물고기가 있는 걸.

### 다 보여주지 말고 조금씩 보여줄 때 상대는 안달한다

어느 모임을 가도 남자친구나 여자친구 있는 사람이 인기가 많다. 이미 가진 자의 여유 혹은 부담 없는 그들의 태도와 상대에 대한 이해가 그들의 인기 비결인 듯싶다. 오히려 '이 모임에서 인연을 만들고 말리라!' 하며 눈에서 불꽃을 튀기는 남자나 여자는 다들 부담스러워한다. 지나치게 '나 외로워요~'를 남발하고 다니다가는 역으로 사람들을 멀어지게 할 수 있으니 주의하자. 밀당의 매력은 알 수 없음에서 나온다. 상대가 '나를 좋아할까? 아닐까?' 하는 데에서 오는 설렘. 상대가 날 좋아하는 걸 알아채는 순간, 그 설렘은 반감된다. 문자를 주고받을 때는 좋아하는 것 같은데 만나면 쌩~하고, 만났을 때 활짝 웃었는데 연락은 없고. 이런 알쏭달쏭한 태도 때문에 상대를 더 관찰하고 신경 쓰게 된다. 연애를 떠나 한 사람을 알아가는 재미와 상상할 여지를 주는 매력. 그것이 바로 밀당이 주는 즐거움이다. 미리 알면 재미없는 인생처럼.

다 벗는 것보다 살짝 벗는 게 더 야한 것처럼 사람도 한번에 다 아는 것보다 하나씩 하나씩 알아가는 것이 더 흥미롭다. 그래서 고수들은 자기 자신을 잘 안 보여준다. 그들의 특징은 모임에 늦게 나타나고 일찍 사라지는 것. 사람의 마음이 아쉬울 즈음을 기가 막히게 알아채고 아무 데서나 감정을 질펀하게 드러내지 않는다. 인기 남녀들은 자기감정 컨트롤에 능숙하다. 여기저기에 자기 기분이나 감정을 마구 쏟아내는 것은 하수 중의 하수다.

언제나 30퍼센트는 남겨놓아라. 자신의 밑바닥까지 보여주지 말라는 연애위인의 말씀. 신비감은 연애위인의 철칙이다. 모든 것을 다 얘기하고 싶고 이해받고 싶어도 참아라. 아직 썸남썸녀와 당신은 아무 사이도 아니다. '내 꺼인 듯 내 꺼 아닌 내 꺼 같은 너'라는 건, 내 꺼가 아니라는 뜻이다. '내 꺼' 한마디로 정의할 수 있는 명확한 관계가 아니라면 집착을 버려라. 집착하는 순간, 차인 듯 차인 것이 아닌 차인 것 같은 묘한 수치감만 남기고 썸남썸녀는 훨훨 날아간다.

**밀당의 팽팽함 속에 솔직함을 투철하는 반전의 묘미**

하지만 여기서 잠깐! 밀당이 뭔지를 아는 사람은 당신뿐만이 아니다. 전 국민의 50퍼센트 이상은 이 단어를 알고 있고, 밀당을 해라 마라 말하는 사람도, 방법론도 무지하게 많이 나와 있다. 그렇기 때문에 우리는 좀 더 고수가 되어야 한다. 상대방이 "당연히 밀당중이겠지"라고 생각할 때 "그래, 그렇게 생각하렴" 하는 여유와 함께 허를 찌르는 한방을 준비해야 한다.

나는 그게 솔직함이라고 생각한다. 가식 없이, 내숭 없이 솔직하고 담백하게 밀당의 팽팽한 시간 가운데 툭 던져 파문을 일으킬 수 있는 묵직한 진심. 진심은 무겁다. 그래서 자주 던질 수는 없다. 줄 듯 말 듯한 그 시간 한가운데 진심을 던지면 필연적으로 결정이 빨라진다.

밀당은 확신이 서기 전, 서로의 감정을 주고받으며 확인하는 시간이지 상대를 피 말리게 하는 시간이 아니다. 그러니 짧고 강렬하게 밀당하고 빠르게 확인한 후 미련 없이 선택해라.

사랑 Go 혹은 Stop으로!

> **복음말씀**
> 줄 듯 말 듯
> 오는 사람 안 막고
> 가는 사람 안 말린다

# 죽은 썸
# 심폐소생술
### Chapter 4

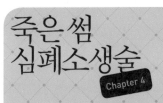

수정: 동수야, 너 같으면
연락 끊어졌던 썸녀한테
다시 연락이 오면 어떨 것 같아?

동수: 글쎄? 얘가 웬 일이지, 부탁할 거 있나.
뭐 그런 생각? 어떻게 연락 끊겼는데?

수정: 그쪽에서 읽씹....;; 의대생이라
시험 기간이어서 바쁘다고는 했음.

해정: 그거 썸 맞니?
너 혼자 썸 아니었음?

수정: 설마;;;;;

동수: 읽씹이었으면
그닥 관심없었던 것 같은데.
아무리 바빠도 썸녀라면
단답이라도 하지 않나... 흠흠..

수정: 그런 거였나. 나만의 착각이었나봐~ ㅠㅠ

해정: 뭐 어때. 또 모르잖아.
이번엔 정말 썸이 될지.

동수: 얘기가 나와서 말인데요, 누나!
썸녀가 먼저 연락 끊었는데 카톡 상태가
계속 바뀌더라고요. 의미심장한 걸로
계속 바뀌는 게, 어쩐지 저한테 하는 말
같아서 다시 연락해보려고요.
뭐라고 보내면 좋을까요?

해정 ㅎㅎ 그게 과연 너를 향한 메시지였을까?
아님 불특정 다수를 향한 미끼였을까?

동수 좀 외로워 보여서...
자주 우울해 하던 친구였는데
저랑 있을 때만 편하게
웃을 수 있다고 했거든요.

수정 동수나 나나 갈 길이 멀었네요. 에휴~

해정 입장을 바꿔볼 생각은 안 해?
왜 너희는 맨날 그물에 걸리기만 하냐.
그물을 칠 생각은 안 하고!
어쨌든 일단 동수 넌 썸녀랑 연락할 명분을 찾아.
도서관에서 책을 빌려달라든지,
그 썸녀한테서만 얻을 수 있는 정보를 알려달라든지.
얘가 나를 좋아해서 연락한 게 아니라 진짜 뭔가
필요해서 연락했구나 하는 느낌으로. 알겄냐?

동수 넵. 생각 좀 해봐야겠네요.

수정 저는 오늘부터 셀카 삼매경 시작입니다.
인생 사진 열 장 건지고야 말겠어요!

해정 이제야 좀 진도가 나가네.
그리고 제발 부탁이니 프메, 상메에 일희일비하지 마라.
낚시일 확률이 아주 아~주 높다! 항상 한 수 위에서~
뛰는 프로필 위에 나는 프로필로 승부해!

SNS는 요물이다. 자꾸 들여다보게 만들어 내 시간을 몽땅 빼앗아간다. 이 속성을 이용해서 기업들은 마케팅을 하고 개인은 자기의 일거수일투족을 상세 감정과 함께 중계한다. 관심을 먹고사는 꽃 같은 언니들은 하루에도 셀카를 몇 장씩 올리고 어디서 뭘 먹었는지 구구절절 설명과 함께 풀어내고 선물받은 것들, 한정판 구입한 것들은 꼭 인증샷을 올린다. 그렇게 1인 방송국이 되어 자신의 삶을 사방에 보여주는 데 몰두한다.

물론 이 때문에 썸남썸녀에 대한 정보를 얻는 데 있어 옛날보다 훨씬 쉬운 것은 사실이다. 그러니 내 피드에 귀찮게 올라오는 것은 감수할 만하지 않은가? 흥신소 사람을 붙여야 알아낼 수 있던 것들을 딱 10분, 15분만 SNS를 뒤지면 손바닥 안에서 알 수 있으니 말이다. 그런데 이게 다가 아니다. 이걸 잘 이용하면 상대의 마음은 알아내고 내 마음은 살짝 숨기거나 묘하게 드러낼 수도 있다.

### SNS는 잘 활용하면 요물, 잘못 활용하면 지뢰

내 지인들 중에 서로 썸을 타는 남녀가 있었다. 여자 쪽은 내가 잘 아는 편은 아니었고 남자 역시 한두 번 만나서 인사만 나

눈 채 SNS로 연결되어 근황을 파악하는 정도의 사람들이었다. 그 둘이 뭔가 묘하다는 얘기를 들은 후 SNS에 올라오는 두 사람의 피드를 확인했는데……. 맙소사! 어지간한 드라마보다 재미있는 거다. 여자가 꽃 사진과 함께 "꽃, 향기가 사라지면 버려지겠지"라는 말을 올리자 얼마 지나지 않아 남자가 "드라이플라워. 버리지 않을 수 있어서 더욱 아름다운 꽃"이라는 글을 올린다거나, 남자가 힘든 하루에 대한 투덜거림을 올리면 얼마 지나지 않아 여자가 "당신께 힘이 될 수 있다면" 같은 글을 올리는 게 훤히 보였다. 아, 이 얼마나 달달한 드라마인가. 결국 그 두 사람은 서로의 마음을 확인하고 연애의 세계로 뛰어들었다.

만약 네가 관심 있는 사람이 있다면 일단 그 사람과 SNS 친구를 맺고 관찰해라. 그리고 적절하게 상대의 마음에 꽂힐 이야기를 하나씩 던져라. 원래 인연의 연은 '잇다'라는 의미다. 대화건 관심이건 계속 이어나갈 때 인연이 되고 연인이 됨을 잊지 말자.

복음말씀
관심은 끌어야 한다
무관심이 욕보다
무서운 법이다

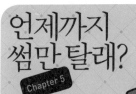

# 언제까지 썸만 탈래?

**Chapter 5**

해정 〉 다들 썸남썸녀랑 진도는 얼마나 나가고 있음? 이제 슬슬 소식이 들려야 하는데 감감 무소식이다?

 동수

모르겠어요. 맨날 썸만 타는 것 같아요. ㅠ 수정

해정 〉 그니까. 언제까지 썸만 탈래? 응?

전 매번 이 고비에서 못 넘어가는 것 같음요. 여자들이랑 대화도 잘하고 얘기도 잘하게 됐는데... 유리천장이 있는 기분 ㅠㅠ 동수

제가 매력이 없나 봐요 ㅠㅠ 수정

해정 〉 아우~ 이 고구마 같은 녀석들. 아주 속이 꽉 막힌다.

엉엉 ㅜㅜ 사이다를 드리지 못해 죄송해요. 수정

해정 〉 지금 울 때가 아니야. 연애할 때 젤 중요한 게 뭐? '근자감'이여!!

자꾸 까이니까 자신감이 떨어져요. 동수

해정 〉 연애위인의 덕목, 애완견처럼 행동한다.

해정 고양이든 개든 키워본 사람은 알 거임.
걔들은 지가 세상에서 제일 이쁜 줄 알아.
살쪄도 예쁘다 밥 먹어도 예쁘다 해주잖아.

공감ㅋㅋ 지가 사람인 줄 앎. 동수

해정 그러니까. 걔들이 우리한테 뭘 해주냐? 솔직히 밥 먹고 똥 싸고
가구 망가뜨리고, 별로 하는 게 없어. 근데 아침에 일어나면
당연하게 '밥 달라냐옹!' 하고 울잖아. ㅋㅋ 사랑받아 마땅한 존재라고
굳게 믿고 당연하게 요구해. 너~ 왜 안 해주지? 나 같은 미인한테?

악ㅋㅋ 미인ㅋㅋ 수정

해정 내가 이걸로 여럿 꼬셨느니.ㅋㅋ
왜 나 같은 미인한테 데이트 신청 안 해요?
여기에 안 넘어온 남자 못 봤다.

대박 진짜? 참트루? 수정

해정 아메리카 대륙 발견한 콜럼버스 있잖아.
그 양반이 원래 무일푼이야. 별거 없는 사람인데 여왕한테
가서 나 황금대륙 찾아올 테니 후원 좀 해줄텨? 이런 거야.
너무 당당해서 여왕이 '어머, 황금대륙이 있나봐!
내가 후원해줘야지' 하고 해준 게 아메리카 대륙 발견!

와~ 근자감이 중요한 거였네. 동수

해정 그니까 오늘부터 믿어. 난 사랑받아 마땅하니까
넌 이 정도는 당연하게 해줘야 한다고.
단, 착각해서 건방 떨면 안 된다. 오키?

*↑* 수정

**설교** 콜럼버스는 미천한 가문 출신이었다. 그런데 스스로를 귀족의 가문이라고 믿으며 큰일을 해낼 운명을 지녔다고 생각했다. 그리고 귀족인 것처럼 행동했다. 그래서 사람들은 그가 귀족인 줄 알았다.

그렇게 행세하고 다니다 왕실과 친분이 있는 집안의 사위가 됐다. 그 친분을 이용해 포르투갈 왕을 찾아가 말도 안 되는 대담한 요구를 했다. 거절당해도 굴하지 않고 이러한 무리한 요구를 스페인 이사벨라 여왕에게까지 했다. 당시 스페인은 세계 최강국이었다. 그런 나라에 가서도 일개 미천한 가문 출신이었던 콜럼버스는 기죽지 않고 당당하게 요구했던 것이다.

### 자신감은 사람을 멋져 보이게 한다

이런 자신감에 반해, 권력자들은 그가 정말 그것을 이룰 수 있는 사람이라고 믿었다. 그가 보여준 조용하고도 강한 자신감, 확신은 귀족들이 보여주는 그것과 같았다. 위대한 일을 할 운명을 타고났다고 생각했던 콜럼버스는 정말 믿음대로 되었다.

썸이 자꾸 엎어지는 가장 큰 이유는 눈치를 보기 때문이다. 저 사람이 날 좋아하나? 날 가지고 노는 것은 아닐까? 왜 고백을 안 하지? 나만 좋아했나? 생각이 꼬리에 꼬리를 물고 올라온다. 그리고 이런 생각들은 스스로를 위축시킨다. 그러고는 상대방이 변해서, 상대방 때문에 썸이 끝났다고 생각한다. 자기가 변했다는 사실은 생각지도 못한 채.

〈인간극장〉에 한 팔 한 다리로 살아가는 남자의 연애 스토리가 나온 적이 있다. 그 남자가 아직까지 내 뇌리에 강하게 남은 것은 태도가 남달라서다.

그는 장애인이라고 본인을 불행하게 여기지도 남다르게 생각하지도 않았고, 평범한 사람처럼 행동했다. 여자친구를 위해 된장찌개를 끓여주려 하고 무거운 짐을 들어주려 하는 평범한 남자친구였다. 그리고 무엇보나 빛나는 것은 그의 당당한 태도였다. 비장애인인 여자친구에게 사귀자고 고백했을 때, 그녀가 선뜻 대답을 안 하자 '헐, 나 차일 수도 있겠는데?' 라고 생각했다는 것이다. 차이는 것은 생각조차 해본 적이 없다는 듯한 그의 태도, 그런 당당함에 여자친구는 고백을 받아들였고 예쁘게 잘 사귀고 있다.

### 건방짐과 당당함을 헷갈리지 말자

당당한 태도는 다른 사람의 마음을 편안하게 해준다. 반대로 지나치게 눈치를 보고 주저하며 어색해하는 태도는 같이 있는 사람을 불편하고 당황스럽게 만든다.

사람들은 소심함이 타인에 대한 배려이고 그들의 감정을 존중하기 때문이라고 변명한다. 그러나 사실은 다른 사람이 자기를 어떻게 생각할지 몰라 두려워서 적극적으로 행동하지 못하는 것뿐이다.

단 여기서 명심할 것! 건방짐과 당당함을 헷갈리면 완전 망한다! 건방진 것은 상대방에 대한 배려가 전혀 없는 안하무인의 태도다. 당당함은 상대방과 나를 동일선상에 놓고 동등하게 대하는 것이다. 당당하게 군다고 남에게 함부로 하거나 무시하는 행동을 해선 안 된다. 그랬다간 "쥐뿔도 없이 거만한!"이라는 욕설이 날아올 것이다.

당당하라. 단, 예의바르게!

복음말씀
얼굴에 철판 깔고
당연하게 요구하라

♥ Part 4 ♥
# 상황별 맞춤식 연애 전략

동아리나 동호회 등 모임 안에서의 연애는 조심할 게 많고,
소개팅이나 미팅 등을 통한 만남은 왠지 성사되기가 어렵다.
그 이유는 상황과 장소, 이미 설정된 관계의 틀이 은밀히 작용하기 때문.
상황별 맞춤식 연애 전략은 분명 따로 있다.

# 모임, 동호회, 동아리

수정 언니, 실은 저 같은 과 사람한테...
음음 ㅋㅋㅋㅋ 아~ 떨려 ㅠㅠㅠㅠ

해정 빠졌구먼. ㅋㅋㅋㅋ

수정 이름도 모르는데... 그런데 이상하게
막 시선이 가요. 가끔 지나가다 복도 같은 데서
마주치면 으악!! ㅋㅋㅋㅋ 말이라도
걸어보고 싶은데 여자가 먼저 말 거는 게
이상해 보일 것 같아서... 우짜지요? 뜨아

해정 좋은 거야. 심장 뛰고 피 돌고~
혈액순환 팍팍 되겠네. 건강해지겠구먼.

해정 난리 났네~
아주 난리가
ㅋㅋㅋㅋ

수정 언니~ 도와주세염.

해정 떡밥 뿌리고 찌 던지고 살금살금 챔질하다가
훅 낚아채야지 뭐. 낚시가 괜히 낚시겠니?

수정 ㅋㅋㅋㅋ 앍ㅋㅋㅋㅋ

해정 절대 공개적으로 고백하거나 알리지 마.
친구한테 말하지 말기! '너만 알아야 돼' 하고
말하는 순간 모든 과 애들이 다 알게 된다.

맞아요... 그죠? 수정

해정 그 사람에 대해서 어디까지 알고 있어?
접점은 있고?

같은 과다 보니 가끔 같은 수업을 듣거나 수정
학교에서 마주쳐서 서로 얼굴만 알고 있는
상태고요. 나보다 한 살 많고 한 학번 위라
는 것 외에는 거의 몰라요.

해정 둘만의 접점이 필요해. 자주 볼 수 있게 판을 짜야지.
일단 같은 과라는 공통분모가 있으니 거기서부터 시작하자.
지금 같은 수업 듣는 거지? 교수님이 내주신 과제 같은 거
있지? 그런 걸 빌미로 말을 붙여봐.

**힝!**

오오 +ㅁ+ 수정

해정 그냥 아무렇지도 않게 자연스럽게~
지금 과 친구들이랑 조별 모임에 늦었는데
제 폰 배터리가 나가버렸어요. 혹시 ○○○ 연락처
아세요? 혹은 선배님 죄송한데 오늘까지 제출해야
하는 과제가 있는데 하나도 모르겠어서
지금 멘붕 상태거든요~ㅠㅠ 혹시 시간 되시면
5분만 검토해주실 수 있나요? 제가 커피 쏠게요.
요런 식으로 말이지 ㅋㅋ

**최      고!**

언니가 최고예요. 수정
교주님으로 모실게요.

해정 아직 진짜 내용은 시작도 안 했는데?
이제부터 핵심 강의 시작이다. ㅎㅎ

우와~ 기대돼요! 수정

동아리, 동호회, 모임, 학교 등에서 관심 가는 사람이 생기는 일은 누구에게나 한번쯤 있게 마련이다. 자꾸 보다 보면 관심이 가고 끌리는 건 자연스러운 인간의 본능이다. 그럴 때 용기가 없어 그저 천장에 매달린 굴비마냥 바라만 보다가 관심남녀를 떠나보낸 적은 없는지……. 그럴 때 상대에게 나를 어필하는 방법은 '세뇌'를 시키는 거다. 시간이 걸리는 세뇌는 자주 얼굴을 볼 수 있는 기회가 있는 상황에서 적합하다.

**정색하고 고백하기 전에 어린왕자의 길들이기 전략을 사용해보자**

학교나 모임 혹은 동호회에서 얼굴은 자주 마주치지만 정작 말을 해볼 기회가 없는 경우, 이럴 때 무턱대고 고백하면 큰일 난다. 남자는 박력! 남자는 고백! 이런 생각으로 무작정 고백부터 했다가 이상한 사람으로 낙인찍히기 아주 좋다. 고백에도 타이밍이 있는 법! 여자도 마찬가지다. 자기를 인지시키겠다는 욕심에 과장되게 굴거나 일부러 쿨한 척 시크한 척하게 되면 그대로 아웃될 수 있다.

여기서 우리는 고전적이면서도 아주 완벽한 교과서 하나를 꺼내 볼 수 있다. 바로《어린왕자》다.

여우는 어린왕자에게 살그머니 다가간다. 그리고 어린왕자에게 자기 얘기가 아닌 그에게 필요한 이야기로 말을 건다. 만약 여기서 여우가 "나는 여우야!"라며 꼬리도 자랑하고 멋진 털도 자랑하고 오뚝 선 귀와 자신의 날렵함에 대해 구구절절 설명했다면, 어린왕자는 그와 대화를 이어가고 싶어했을까? 여우는 별에 두고 온 장미꽃을 생각하는 어린왕자의 마음을 읽고 자기를 소개하는 대신 장미꽃에 대해 이야기를 나눈다.

이 이야기를 통해 우리는 여럿이 만나는 모임에서 관심남녀가 생겼을 때 해야 할 일을 알 수 있다. 우선 첫 번째는 '나를 알려 기억하게 한다'이다. 그리고 두 번째는 공통분모를 찾아내서 대화를 지속시킴으로써 '교감과 공감대를 형성한다'이다. 이때 주의해야 할 것은 상대방의 말에 무조건 동의하거나 쌍심지를 켜고 반대하는 것은 원활한 대화에 전혀 도움이 되지 않는다는 것.

대화란 곱게 땋은 머리카락과 같아서 상대방의 이야기에 결을 맞추며 한 겹을 더 얹는 것과 같다. 그러니 적절히 동의하고 적당한 의견을 덧붙이며 계속 이어나가라. 대화를 하다 보면 자연히 나와 공통점이 있는 사람에게 호감을 느끼게 된다.

그리고 세 번째 '호감으로 발전하기'이다. 여우가 어린왕자에게 "만일 네가 날 길들이면 우린 서로를 필요로 하게 돼. 나에게는 네가 세상에 하나밖에 없는 존재가 될 거고, 너에게는 내가 세상에 하나밖에 없는 존재가 될 거야"라고 말하며 다정하게 굴었듯 어느새 서로에게 호감을 표현하게 된다.

이 세 단계를 무사히 지나왔다면 다음은 대망의 네 번째 단계. 바로 고백과 연애의 시작이다.

사실 고백은 누가 먼저 했든 별로 상관없다. 서로의 마음이 통했음을 확인했으면 된 것 아닌가. 하지만 고백 전의 두근거림을 조금 더 느끼고 싶다면 상대방이 내게 고백하게 만드는 것이 방법. 한마디로 고백의 멍석을 깔라는 얘기다. 멍석 까는 방법은 이미 알려줬다. 첫 번째 단계부터 세 번째 단계까지 착실히 따라왔다면 고백은 물 흐르듯 이어지게 마련이니!

### 연애, 시작할 때만큼이나 맺을 때도 아름답게

그런데 고백을 받았다고 끝이 아니다. 여우의 마지막 말을 기억해야 한다. 길들인 모든 것에 책임을 지라는 말. 사랑은 시작만큼이나 유지와 종결도 중요하다. 특히 여럿이 모이는 모임 안에서의 만남과 헤어짐은 더더욱 그렇다. 충실하게 단계를 다 따라와서 연애를 시작했다고 하자. 하지만 이게 평생 갈 것이란 보장은 없다. 그리고 모임 안에서 만났다 깨진 관계는 생각보다 많은 후폭풍을 불러온다. 이럴 때는 정공법이 최고다. 두 사람이 서로

부딪힐 사건을 줄일 수 있도록 합의를 해도 되고, 가까운 친구들에게 이별 사실을 알려서 서로가 실수하지 않도록 사전에 배려하는 것도 필요하다.

그리고 연인이라는 관계의 종류가 끝났을 뿐 인간과 인간의 관계까지 단절하지는 말자. 뭐, 상대방 인성에 심각한 문제가 있거나 금전적·사회적 범죄를 저질렀다면 모를까, 한때 좋아했던 사람에 대한 예의는 지켜주는 게 인성이라는 말씀!

이건 고백했다 차였을 때도 마찬가지다. 설마, 자기감정 안 받아줬다고 진상짓하는 그런 멍청함은 없을 거라 믿는다!

복음말씀
상대의 마음을
조종하고 싶다면
세뇌시켜라

# 동아리나 동호회 모임에서 호감 사기*

## [ MT(단체 여행) 편 ]

**철저하게 혼자가 돼라** : 간만에 MT라고 마냥 분위기를 즐기려 하지 마라. 남자들은 혼자 있는 여자에게는 무조건 관심을 가진다. 여자들끼리 몰려다니며 수다 떠는 것은 남자를 떨구는 행위라는 사실을 명심. 그러니 주로 혼자 있거나 마음에 드는 남자에게 명분을 만들어 같이 시간을 보내라. 예를 들어 상추, 깻잎 같은 것을 집어 들고 마음에 드는 남자에게 같이 씻으러 가자고 권해봐라. 이때 3.3.3.법칙이 아주 유용하다. 3번 먼저 말을 붙이면 그다음엔 그가 당신에게 먼저 말을 걸어올 것이다. 그러면 최소 3분 이상 대화를 유지하라. 그리고 3시간 안에 한번 더 대화의 기회를 만들어 이야기를 나눠라.

**남자는 당신을 지켜보고 있다** : 남자들은 은근히 여자들이 어떻게 행동하는지 다 지켜보고 있다. 특히 관심을 갖는 여자라면 안 보는 척하며 그녀의 움직임을 탐색하게 된다. 동기들과 어울리

♥ ♥ ♥ ♥ ♥ ♥ ♥ ♥ ♥ ♥ ♥ ♥ ♥ ♥ ♥ ♥ ♥ ♥ ♥ ♥ ♥ ♥ ♥ ♥ ♥ ♥ ♥ ♥ ♥

는 모습이라든지, 사소한 행동에서 드러나는 성향이라든지. 그런 것을 지켜보며 그녀에 대한 궁금증을 해결하려고 한다. 만일 이때 다른 사람을 함부로 대한다거나, 공주처럼 손 하나 까딱 안하고 남이 해놓은 것을 넙죽넙죽 받아먹으려고만 한다면 남자는 대체로 멀어진다. 그런 행동들은 호감의 불씨가 지펴지려는 순간, 찬물을 끼얹은 것이나 마찬가지기 때문이다. 반면 남들이 자는 사이에 묵묵히 뒷정리를 하거나 어지럽혀진 방을 청소하고 있다면, 옆에 와서 조용히 당신을 돕는 사람이 있을 것이다.

**둘만의 시간을 가질 것** : 게임이 한창일 때, 슬쩍 어지러운 척 바람을 쐬러 나갈 것. 관심남녀가 따라 나온다면 게임 끝. 아니면 불러내서 같이 산책하는 것도 OK.

**다음 날 아침, 챙겨주는 센스** : 관심남녀에게 따로 우유나 해장거리를 챙겨줘라. 나에게 관심을 주는 사람에게 좀 더 눈길이 가는 것은 당연지사!

**단체문자 보낼 것** : 여행이 끝난 후, 집에 돌아가서 여독을 풀기 전에 같이 여행한 친구들에게 단체로 문자를 보낼 것. 단체 톡보

MT를 떠나기 전, 깨알 팁을 전수받은 수정

다는 문자가 효과적이다. 만일 번호를 주고받지 않은 상태라면 은근슬쩍 내 번호를 알릴 수 있는 좋은 기회. 더불어 나에게 관심 있는 이성이 내게 말을 걸 수 있는 여지를 주는 행동이다.


## [ 술자리 편 ]


**애매한 시간의 법칙** : 술집에서 남자들이 말을 걸어주기 바란다면, 10시 30분에서 11시 사이에 들어가라. 11시 이전에는 술도 덜 취했고 친구들끼리 대화에 여념이 없을지 모르나, 대부분 11시 30분 이후부터는 합석 요청이 빈번하게 들어온다.


**웃는 얼굴 장착** : 남자들에게 합석 요청을 받고 싶다면 자주 웃고, 가급적 미소 짓고 있어라. 한때 '합석계의 요정'으로 불리던 시절, 모든 합석 요청은 나를 통해 들어왔다. 이유는 웃는 모습이 착해 보여서. 남자들은 무서운 여자를 싫어한다. 되도록 착하게 웃고 있을 것.

# 소개팅, 미팅 Chapter 2

연애, 먹는 건가요?

소개팅이나 미팅에 성공했다는 건
그리스 신화에나 나오는 얘기인 것 같아요.    동수

맞아. 처음엔 어떻게 넘겨도
두세 번 만나다 보면 꼭 실망하게
되는 듯... 잘되기 힘듦 ㅠㅠ    수정

해정    소개팅에서 잘 되려면
첫 번째보단 두 번째 만남이 중요해.

빠빠이

왜요?    동수

해정    처음부터 마음에 안 들어서 남자가 애프터를 안 하거나
여자가 애프터를 거절하는 건 사실 어쩔 수 없어.
두 번 만날 필요도 없이 내 스타일이 아니었다는 거니까.
이런 경우엔 어차피 확률 0임. 진짜 아쉬운 건
두 번 만났는데 결국 연애로 연결이 안 된 경우지.

아 하!

맞다 맞다~ 그러네. 두 번도
안 만난 사람은 심하게 제 취향이
아니어서 들이대도 싫었음요.    수정

그럼 두 번 만났는데 안 되는 건 왜일까요?
일단 관심은 있었다는 건데...    동수

해정    호감은 있음. 그래서 기대도 올라가 있는 상태임.
그런데 이 상태가 가장 위험해. 기대치가 높은데
다음 만남에서 시원찮다면? 급 식어버리거든.
나는 두 번째 데이트 징크스가 생겼을 정도였음.

그러고 보니 세 번 정도 만나면 대체로 사귀게 되는 듯.  수정

해정 중요한 건 신비감을 깨선 안 된다는 사실!
사귀게 되면 너무 빨리 자기를 보여주려 하는데
절대절대 그러면 안 된다. 하물며 한두 번 만났는데
'이 사람 다 알겠다'라는 느낌을 받으면 어떻겠니?
뭔가 기대가 안 되겠지?

처음엔 데이트도 짧게 하라고 했죠?  동수

해정 길게 봐서 뭐 해. 치고 빠져.
쌀보리 게임 알지? 보리 보리 쌀! 하고 훅 들어갔다
나오는 거. 연애도 똑같아. 강강약 중강약약.

와~ 대박! 그렇게  동수
생각하니까 그렇네.

오히려 짧게 자주 자주  수정
보는 게 더 낫다는 거죠?

해정 그치. 자주 봐야 정이 들지.
그런데 초반에 넘 오랜 시간 붙어 있음
단점이 털릴 가능성이 커지니까
초반엔 짧게 짧게 치고 빠지는 게 좋아.
아쉬울 때 끊는 거지.

소개팅이나 미팅에서 잘될 확률은 희박하다. 원래 어려운 코스니 잘 안 돼도 서럽다 생각하지 말 것. 소개팅, 미팅이라는 것은 이미 연애할 마음으로 나오기 때문에 사귐을 전제로 만나게 된다. 그러다 보니 부담되고 자연스럽게 행동하지 못하는 것이 사실. 상대방을 있는 그대로 받아들이기보다 자꾸 이것저것 재보게 된다. 열 가지 장점이 있어도 한 가지 단점 때문에 소개팅이나 미팅에 실패하는 것은 그래서다.

### 공감은 경계심을 없애고 상대를 무장해제시킨다

〈프렌즈〉는 인기 있는 미국 드라마다. 나중에 살짝 연인이 될까 말까 했던 남사친, 여사친 캐릭터 중 레이첼과 조이라는 친구가 있다. 레이첼은 워낙 예뻐서 남자가 끊이지 않는 인물이고(제니퍼 애니스톤을 누가 마다하겠는가!) 조이 역시 한 여자와 두세 번 만나는 게 놀랄 일일 정도로 자유분방한 캐릭터이다.

어느 날 두 사람은 저녁을 먹다가 "대체 너는 어떻게 이성을 꼬시냐?"라는 얘기를 하던 중 서로 처음 만났다고 가정하고 꼬셔보기로 한다. 여기서 중요한 포인트는 '남녀가 처음 만났다'와 '누군가의 소개로 만난 자리이다'라는 것이다.

레이첼은 남자의 눈을 지그시 바라보며 묻는다. 고향이 어디냐고. 너무나 진부한 질문에 대체 지금까지 남자를 어떻게 꼬셨느냐고 반문하는 조이에게 레이첼은 계속해서 호구조사를 하다가 마지막에 이렇게 묻는다. "아빠랑 사이가 좋아요?" 그 말에 조이는 자기도 모르게 아빠랑은 어쩐지 어색하다며 자기의 속내 혹은 진심을 줄줄 풀어놓는다. 그러다가 스스로 깜짝 놀란다.

만난 지 10분도 되지 않아서 엄한 아버지, 그 아래서 좀 기죽었던 자신의 모습 등 내밀한 부분까지 싹 내보이고 만 것이다. 한마디로 무장 해제! Just 10 minutes은 섹시한 눈빛과 몸짓이 아닌 대화로도 가능하다!

핵심은 '보편적인 질문에서 은근하게 사적인 질문으로 들어가라'는 것이다. 이걸 응용해 "학교는 어디 다녀요?"에서 "과에 힘들게 하는 선배는 없어요?"로, 혹은 "수업은 뭐 들어요?"에서 "제일 힘든 수업이 뭐예요?"로 이어지게 하는 것이다. 사람은 자기의 힘든 삶을 이야기하면서 무장해제되고 그것에 공감해주는 사람에게 쉽게 호감을 가진다. 때문에 첫 만남에서 상대의 호감을 얻기 원한다면 활용해봄직한 좋은 방법이다.

**거절하든 거절당하든 예의를 지키는 센스를 장착하자**

이렇게 첫 만남을 무사히 마쳤으면 두 번째 만남에서는 스스로가 괜찮은 사람임을 상대에게 각인시켜주어야 한다. 첫날과는 사뭇 다른 분위기를 연출한다든가 은근슬쩍 자기 속마음을 털어 놓는 것도 좋은 방법이다.

'나는 왠지 모르게 니가 편하고 좋아' 라는 마음을 살그머니 보여주는 것이다. 그러면 상대는 '어? 얘도 자기 얘기를 나한테 하네, 내가 좋은가봐!' 라고 느끼게 된다. 이렇게 서로 마음이 통했다면, 이때부터는 조심스레 대화를 나누고 눈빛을 교환하고 문자를 주고받으면서 서로를 알아가고 느껴가는 과정을 경험하게 되는 것이다.

뭐, 이렇게 술술 잘 풀린다면야 이 세상에 솔로가 하나도 없을 텐데, 안타깝게도 가끔은 감정의 일방통행길에 들어서는 경우도 있다. 만약 거절당하는 입장이라면 쿨하게 알았다는 대답과 함께 그래도 좋은 사람 알게 되어서 요 며칠 즐거웠다고 한마디 해 두는 것이 좋다. 다시 한 번 말하지만 사람은 언제 어디서 어떻게 또 만나게 될지 모르는 거니까.

만약 거절하는 입장이라면 빠른 시간 안에 미안하다 혹은 나는 지금처럼 친구로 지냈음 좋겠다 등의 최대한 간결한 표현으로 알아듣게 거절해라. 슬슬 피하는 태도나 읽씹이 제일 나쁘다. 빨리 결정하고 빨리 납득할 수 있게 해주는 게 배려다. 또 한 번

입 아프게 말하지만 반드시 예의는 지켜라. 왜냐고? 언제 어떻게 만날지 모른다니까! 개차반으로 거절했는데 십 년 뒤에 그 사람이 당신의 면접관일 수도 있음을 반드시 명심 또 명심해라.

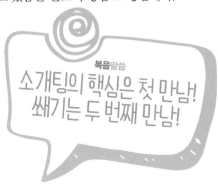

복음말씀
소개팅의 핵심은 첫 만남!
쐐기는 두 번째 만남!

# 성공적인 소개팅과 미팅을 위하여*

## [ 여자들을 위한 가이드 ]

**뚱하게 있지 말아라** : 맘에 든다고 달려들지도 말아야 하지만 맘에 안 든다고 뚱하게 티내며 앉아 있는 것도 금물. 지금은 그저 맘에 안 드는 소개팅남일지 모르지만 이 사람을 언제 어떻게 사회에서 다시 마주칠지 모른다는 것을 잊지 말아야 한다. 내가 아는 선배 언니는 중요한 입찰에 프레젠테이션하러 갔다가 12년 전 소개팅에서 만났던 남자를 심사위원으로 마주친 적도 있다. 반드시 최소한의 예의는 지킬 것.

**사진은 잠시 잊으셔도 좋습니다** : 언제 어디서든 인증샷을 찍어야 하는 SNS 중독인 당신! 소개팅을 하는 동안에는 잠시 카메라를 잊어라. 음식 나오면 먹기 전에 이리저리 돌려가며 사진 찍는 것은 절대 금물. 적어도 소개팅 자리에서의 몇 시간 동안은 카메라가 아닌 당신 앞의 사람에게 집중해라.

♥ ♥ ♥ ♥ ♥ ♥ ♥ ♥ ♥ ♥ ♥ ♥ ♥ ♥ ♥ ♥ ♥ ♥ ♥ ♥ ♥ ♥ ♥ ♥ ♥ ♥ ♥ ♥ ♥ ♥

**담배는 일시 중지** : 남자건 여자건 흡연의 욕구를 참는 건 정말 힘들다. 잠깐 화장실에 가서 슬쩍 피우고 온다고? 노노! 남아 있는 냄새는 생각보다 훨씬 더 강렬하다. 상대방이 흡연자이건 아니건 일단 첫날 첫 만남에서는 잠시 흡연 욕구를 접어두고 상대방에게 충실해라.

## [ 남자들을 위한 가이드 ]

**소개팅 전 주의사항** : 만나기 전에 사진 교환이나 잦은 연락은 피해야 한다. 선입견이 생길 수 있고, 만나지도 않은 상대에게 부담을 주는 행동이어서 괜히 호감만 반감된다.

**센스 있는 준비 자세** : 장소는 될 수 있으면 예약을 하고, 가급적 자신이 잘 아는 지역으로 정하는 것이 좋다. 소개팅녀와 자신의 집 중간 정도가 적당. 사전 조사까지 한다면 Very good.

**계획과 달라져도 당황하지 말 것** : 특히 공대생은 플랜 A가 실행되지 않을 경우 혼자 패닉이 되는 경우가 있는데 이것이 소개팅

에 실패하는 이유가 된다. 예를 들어 근처 공원을 산책하려 했는
데 갑자기 비가 쏟아진다면 솔직하게 말하고 소개팅녀의 의견을
구할 것. 솔직한 것은 때로 득이 된다. 생각보다 여자들은 유연한
사고방식을 가지고 있다. 애프터는 당일이나 다음 날 바로 하는
것이 좋다.


[ 미팅에서는 ]

첫째, 미팅은 자리싸움이다 : 마음에 드는 상대방이 있다면 그 상
대방과 마주보는 자리에 앉아라. 옆자리보다 자연스레 눈이 자
주 마주치는 자리가 유리. 자리 선정이 잘못되어 있다면 화장실
갔다 오는 척이라도 해서 나에게 유리한 자리를 선점하라.

둘째, 상대방과 끊임없이 눈을 마주쳐라 : 눈길이 자꾸 부딪히다 보
면 누구라도 신경이 쓰이게 마련이다. 그리고 눈으로 전하는 묘
한 감정의 뉘앙스는 없던 호감도 생성하게 하는 효과가 있다. 단,
너무 노골적이거나 느끼한 아이컨택은 역효과를 불러올 수 있으
니 적절히 활용할 것!

♥ ♥ ♥ ♥ ♥ ♥ ♥ ♥ ♥ ♥ ♥ ♥ ♥ ♥ ♥ ♥ ♥ ♥ ♥ ♥ ♥ ♥ ♥ ♥ ♥ ♥ ♥

**셋째, 미스코리아용 미소를 얼굴에 장착한다** : 미팅을 끝내고 집으로 돌아오는 길, 엘리베이터 안에서 거울을 봤을 때 얼굴에 경련이 나는 것을 느껴야 한다.

**넷째, 안주 챙겨주기** : 술자리 게임 등으로 안주가 필요할 때 눈에 띄지 않게 살짝살짝 챙겨주는 것이 포인트.

**마지막 Key point, 여지를 남길 것** : 오늘이 마지막인 것처럼 불태우고 놀지 마라. 술 먹고 오바이트하고 각종 주사를 부려가며, 자신의 마지막 모습까지 다 드러낼 이유가 없다. 미팅 멤버들과 인사불성이 될 정도로 논다는 건, 잘 보일 만큼 맘에 드는 상대가 없다는 것으로 받아들여지기도 한다.

술자리가 이어져도, 2차 3차를 가며 모두가 한마음 한뜻으로 지구촌 가족이 되어가도 나만은 누군가를 의식하고 있다는 듯한 태도로 여지를 남겨라. 호감이 있는 누군가를 신경 쓰느라 술자리에 완전히 몰입하지 않은 듯한 태도를 취하는 것이다. 분위기를 즐기되 적당히 절제하면서 누군가 다가와주기를 기다리는 듯한 뉘앙스를 풍기는 게 중요하다.

활짝 열려 있어 누구라도 드나드는 문보다, 살짝 열린 신비로운 문 안쪽이 더 궁금한 법이다. 그럼 그중 '혹시 나한테 관심이?'라고 생각하는 누군가가 분명 있을 테니.

# Cyber love
# 어플 만남
### Chapter 3

수정 — 언니~ 요즘 친구들이 채팅 어플에서 사람들 만나고 그러던데, 이거 괜찮아요?

해정 — 음... 나도 해본 적은 있어.

동수 — 어땠어요?

해정 — 이상한 애 반 괜찮은 애 반. 사귄 적도 있었고. 어떻게 활용하느냐의 문제 아닐까.

동수 — 제 친구도 하긴 하던데...

수정 — 사실 저는 좀 무서워요. 어떤 사람인지 알 수가 없으니...

해정 — 영 틀린 말도 아니지. 상대방 신분 확인이 어렵잖아. 그래서 요즘 유료 어플이 대세인 것 같긴 하다만... 그건 그렇고, 그보다 사기샷에 속는 게 더 열 받을걸?

수정 — 애! 대~박! 남자도 사진빨 있어요?

동수 — 너 내 사진 보고도 모르냐? ㅋㅋ

해정 — 예전에 어플에서 완전 아이돌 외모인 남자가 있는 거야. 외모가 너무 대박이라 먼저 말 걸어서 약속 잡아 만났지. 근데 나보다 엉덩이도 작고 선이 고운 왜소한 남자가 나오심. 여자로 태어났으면 캐미녀 &인데, 내 스탈은 아님.

동수

수정

해정 — 어플은 팔 할이 사진이야. 사진에서 승부 못 보면 만남 자체는 물론 대화 자체가 성립 불가. 그러니 인생샷 걸어놔. 근데 반대로 상대방을 고를 땐, 자기소개글을 유심히 볼 것.

어플 만남은 '믿음'을 확보하는 게 관건이다. 서로
연결고리가 없는 상태에서 만났기에 나이, 성격, 직업,
학벌 등을 모두 본인이 하는 '말'에만 의존해야 하고, 내 눈으로
확인할 수 있는 것이 전혀 없다. 그래서 그냥 믿든지 말든지다.
그런데 온라인에서 신분세탁하기란 얼마나 쉬운 일인가. 주민등
록증 사본을 확인해서 나이를 등록하는 것도 아니고. 그러다 보
니 사기꾼들이 판을 치는 장소이기도 하다.

**어플 만남이라 해도 진정성에 무게 중심을 둬라**

내가 어플로 남자들을 구분하는 기준은 '자기소개'와 '대화'
였다. 그리고 절대 급만남은 하지 않는다. 딱 한 번 급만남을 했
었는데, 이상한 스토커가 달라붙어서 정말 무서운 경험만 했다.
조급하게 굴면 망한다. 일개 어플이지만 정성을 들이느냐 대충
끼적이느냐에 따라 어느 정도 사람을 구분할 수 있다. 물론 좋은
학벌, 좋은 직업을 가진 사람이 자기소개글을 대충 쓰고 대화를
무성의하게 할 수도 있다.

그런데 그런 사람이 이 어플을 통해 만난 나를 진지하게 대해
줄까? 일단 무성의라는 건 이 어플에 시간을 들이고 싶지 않다
는 뜻이다. 자기가 이루고 싶은 목적만 드러내면서 만남을 강요

하는 사람들 역시 패스.

남자늘이라고 어플 만남이 위험하지 않은 건 아니다. 남자들이 특히 조심해야 하는 것 중 하나가 바로 꽃뱀이다. 여자들 중에는 안타까운 사연을 가지고 불쌍한 척 접근해 돈을 뜯어내는 부류들이 있다. 그러니 몸도 마음도 주의할 것.

### 어플 만남의 성공 여부는 팔 할이 사진이다

어플에서는 일단 사진이 마음에 안 들면 자기소개글을 읽지도 않는다. 제발 정직하게 증명사진처럼 찍거나 45도 각도로 찍는 건 그만하자. 최대한 예쁘게 나온 사진, 키가 커 보이는 사진, 몸매 좋아 보이는 사진을 올려야 한다. 그런데 그게 사기 수준이라면? 사실 그런 경우가 비일비재해서 만남으로 이어졌을 때 실망하는 사람들도 많다. 사진에는 내가 가진 장점과 분위기를 담는 것이 더 중요하다! 인스타 사진을 보면 팔로우하고프게 만드는 사람이 있다. 그런 사진들을 참고하는 것도 방법.

이목구비보다 비율이 좋은 사람은 전신샷을, 비율이 별로인 사람은 상반신 위주로 자신의 장점을 살리는 것이 좋다. 사진 찍을 때도 '스마이징'은 잊지 말 것! 조지 클루니를 보라. 50대 중반인데도 미국에서 섹시한 남자 1, 2위를 다툰다. 조지 클루니의

눈빛을 보라. 미소를 머금은 빨려들어갈 것 같은 느낌. 그런 느
낌이면 무사통과!

### 대화가 이어지지 않는 사람과의 만남은 고역이다

사진과 자기소개가 통과되면 대화가 시작된다. 남자들이야
최대한 빨리 여자를 오프라인으로 끌어내려 하고, 여자들은 이
들의 목적이 단순 섹스인지 아니면 이성교제인지를 확인하고
자 할 거다. 나는 이때 늘 공통의 취미나 관심사가 있는지 확인
했다. 공통의 관심사가 있어야 대화가 오래 지속될 수 있으니
까. 어플로 대화를 시작한 후에도 최소 2주에서 최대 두 달 정도
는 대화를 나눠보고 만났다. 대화가 이어지지 않는다면 그 사람
은 만날 필요도 없다. '사진이랑 실물이 다르다고 실망하면 어쩌
지' 하는 쭈구리 같은 생각은 하지도 말자. 그런 생각 때문에 망
하는 거다. 평소 대화하던 대로 하면 사진과 실물의 갭은 느껴지
지도 않는다. 당당하지 않은 태도에 상대방은 뻘쭘함을 느낀다
는 거. '얘 뭐지?' 싶을 정도로 뻔뻔해야 된다. 어딜 가
나 자신감 하나로 들
이대라.

복음말씀
어플은 팔 할이 사진이다

# 헌팅

**Chapter 4**

동수
어제 광화문 지나가다
외모가 완벽히 제 이상형과
일치하는 사람을 만났거든요.

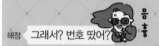

해정 그래서? 번호 땄어?

웬 열~
수정

동수
진짜 계속 어쩌지 하면서 내릴 데서도
못 내리고 있다가 번호 물어봤어요.

해정 우리 동수 장하다. 와~ 많이 발전했다야.

동수
근데 못 땄어요 ㅠㅠ
여자 분이 극구 거절하심.

해정 헉; 그래도 잘했어~ 시작이 반이지.

우쭈쭈
우쭈쭈

수정
저 같아도 안 줄 듯요. 누군 줄 알고 줘요.
요즘 여자번호 따고 다니는
번호거지들이 많다고 소문남.

동수 난 아냐. 진지하게 내 이상형이었는데...

수정
너한테 하는 얘기가 아니고
진심인지 아닌지 모르니까 하는 말.

해정 강남 같은 데서 픽업아티스트들이
여자한테 번호 따는 연습하는 거
종종 볼 수 있던데 ㅋㅋㅋㅋ

동수
누나~ 그런데 길 가다가
진짜 마음에 드는 여자를 만나면 어떻게 해요?
오해받을 테니 그냥 넘어가요?

Part 4

**해정** 구더기 무서워서 장 못 담그냐?
마음에 들면 물어보는 게 당연하지.
여자도 마음에 드는 사람이 보이면 쫓아가서 번호 따내야지.
그런 사람을 언제 또 만날 수 있겠어?

그건 그래요. 가끔 진짜 내 스타일의 남자를 만나도 **수정**
막상 용기가 나지 않더라고요. 그래서 아쉬움만...ㅜㅜ

**해정** 외국 사람들은 모르는 사람과도 스스럼없이
이야기를 나누며 관계를 맺지. 모르는 사람이랑
새로운 인연을 맺는 건데, 난 그 시도도 좋다고 봐.

오늘 거절당해보니 거절당할 거 **동수**
무서워서 다시는 못 할 것 같음 ㅠㅠ

**해정** 노노노, 용기 있는 자만이 미인을 쟁취한다.
내 지인 중에 헌팅 100발 100중인 사람이 있음.
근데 안 잘생겼음. 평범함. 걍 사람. 휴먼임.

제발~ 빨리~ 플리즈~ 알려주세요. **동수**
**수정**

**해정** 일단 먼저 그 사람이랑 눈을 마주쳐.
피하면 절대 번호 안 주는 사람이래. 피하지 않으면
가능성이 있는 거고. 그러면 다가가서 말을 거는 거지.

**해정** 내용은 짧고 굵게. 도서관 앞에서 만났다면
'같은 학교 학생인 듯한데, 같이 공부하는
친구로 알고 지냅시다. 번호 좀 알려줘요.'
생각보다 별 거 없지?

상황별 맞춤식 연애 전략                                    169

나라도 줄 것 같긴 하다. 헌팅하는 남자애들 보면 꼭 저기요~ 수정
하고 불러놓고는 우물쭈물해서 사람 민망하게 만들어요ㅡㅡ;;;;

해정 그치? 어디 사세요, 어디까지 가세요.
그런 건 왜 물어봐. 일아서 뭐하게 ㅡ_ㅡ

민망해서 그렇겠죠~;;;;; 동수

해정 민망할 거면 그냥 갈 길 가든가. 왜 엄한 사람까지
같이 손발 오그라들게 만들어. 본인이 민망해하면
그걸 봐야 하는 상대방은 300배 더 민망하거든?

캐공감! 수정

몰랐음 동수

해정 자기가 뻔뻔하고 당당하게 굴면 상대방도 자연스럽게 거기에
편승하고 자기가 부끄러워하면 상대방도 같이 민망해진다.
눈빛 교환, 당당함, 짧고 굵은 멘트. 번호 따기 노하우 전수 끝!

동수

수영하기 전이나 바다 들어가기 전에 우리가 하는 것은? 준비운동. 그러고 나서 가슴에 물을 적시고 천천히 물에 들어간다. 그냥 무작정 물에 뛰어들면 심장마비로 황천길 갈 수도 있으니까.

### 연애를 할 때도 심장마비 막아주는 준비운동은 필수

연애도 마찬가지. 고백이든 번호를 묻는 것이든 일단 사전에 상대방에게 암시라도 줘야 한다. 갑자기 짠! 나타나서 갈 길 바쁜 사람 앞길 막고 "아까부터 당신을 지켜봤습니다. 아름다우십니다" 이런 멘트를 날린다면? 혼자 로맨스 찍기 전에 뉴스 좀 챙겨 보길. 별별 흉흉한 일이 일어나는 요즘, 그런 행동이 그녀에게 로맨스로 다가올지 범죄의 재구성이 떠오를지 한번 생각해보라.

엄마가 꼭 말로 해야 화난 줄 아는 건 아니잖은가. 표정, 행동, 뭔가 심상치 않은 공기의 흐름까지 읽는 우리 아니던가. 길 가다가 혹은 어떤 뜻밖의 장소에서 마음에 드는 누군가를 만났다면 먼저 '눈을 마주치는 것'부터 시도해야 한다.

그냥 무작정 눈을 마주치는 게 아니다. 신호를 보내야 한다. 빵상빵상! 지금부터 당신이 할 일은 눈빛만으로도 뒤통수를 따갑게 만들어 상대방이 뒤돌아보게 만드는 일이다. 타이라 뱅크스의 '스마이징'을 잊지 말자. 눈으로 웃는 것, 눈으로 마음을 전하는 것에 성공한다면 Very good.

다만 부담스러운 이글아이가 되어서는 안 된다. 요즘은 강한 눈빛으로 응시하면 무서움을 먼저 느끼는 세상이기 때문이다. 혹시 나를 해치려고 하나? 상대가 이런 식의 두려움을 느끼게 하면 안 된다. 부드럽게 몇 번 마주친 후에는 살짝 웃어주자. 웃음은 긴장을 풀어주는 마력이 있다. 그리고 다가가서 정중하게 말을 걸자. 거절당하면 민망해하지 말고 쿨하게 물러나면 그만이다.

사실 잘 모르는 사람한테 가서 말을 건다는 것 자체가 큰 모험이다. 게다가 민망힘에 시신처리를 잘못 하면 영락없는 바바리맨 혹은 도를 아십니까가 되어버린다. 누군가에게 말을 걸어 번호를 얻고 싶으면 적어도 그 사람과 몇 번은 마주쳐서 서로의 존재 정도는 안 후여야 한다.

### 기회가 왔을 때 대시하되, 신중하게 기회를 모색하자

알고 지내는 작가 언니 부모님은 퇴근시간 무렵 한 버스 정류장에서 마주치기를 3년 정도 한 후에 아버지가 어머니에게 "차 한잔 하실래요?"라고 얘기한 것을 시작으로 연애와 결혼에 성공, 지금 39년째 살고 계신다. 그 시절이었으니 3년을 두고 본 것이겠지만 여하튼 적어도 상대방의 눈에 내가 너무 낯설지는 않아야 한다는 말이다. 게다가 요즘은 전문적으로 헌팅을 하는 연습생들이 있어서 불쑥 나타나 말을 거는 사람은 더욱 주의할 필요가 있다.

만약 누군가가 맘에 들고 그 사람에게 불쑥 고백하고 싶다면 상대가 자연스레 나를 인지하도록 먼저 밑작업을 하자. 버스를 같이 탄다면 그 사람 앞에 가서 서 있는다든가, 같은 카페나, 같은 학원, 독서실을 이용한다면 근처에서 맴도는 것이다. 그렇게 몇 번 스치다가 눈이 마주치면 잊지 말고 스마이징! 스마이징 몇 번 후에는 가벼운 목례 정도, 그러고 나서 말을 걸어보는 거다.

말을 걸어서 상대가 화답하면? 폭죽과 함께 인연의 시작이다. 하지만 거절당하더라도 절대 질척거리지 말자. 상대방이 마주칠 때마다 부담스러울 수 있으니 그냥 다시 스마이징 정도로 인사하며 스치듯 살면 된다. 한번 까인다고 인생 끝나는 거 아니니까 도전! 또 도전!

The show must go on!

복음말씀
우물쭈물하다 인생이
쭈글쭈글해진다

# 바람, 양다리, 어장관리 Chapter 5

꺄!

언니~ 언니~ 이번 달에 제가
소개팅을 두 건 했단 말이에요. 수정

해정 우쭈쭈
우쭈쭈

부끄  부끄

둘 다 연락하는 중이거든요! 수정
근데 둘의 매력이 달라서 지금 고민중.
한 명은 말도 잘하고 여자도 잘 알아서
재치도 있고... 그래서 같이 데이트하면 즐거워요.
오랜만에 막 마음이 설리설리 설레기도 하고요.

해정 그럼, 그 친구 만나면 되겠네.

근데 다른 한 명은 만나면 막 재미있지는 않은데 수정
참 편안해요. 말 잘하는 남자는 사실 좀 뭐랄까 진정성이
없어 보이는? 여자 많은 느낌적인 느낌? 근데 이 착한
남자는 말은 별로 없지만 정말 나한테 잘해주려는 것
같기도 하고 듬직하기도 하고 그런 게 있어요.

해정 근데 안 끌리지? 두 번째 남자가 낫다는 걸
머리는 아는데, 안 끌린다는 거잖아?

네~ 맞아요! 진짜 첫 번째 남자는 수정
딱 봐도 불여시인데 왜 끌리죠?

듣는데 왜 내 안구에 습기가 차지? 동수

수정

해정 두 사람한테 모두 고백받은 상황이야?

아뇨. 일단 만나고만 있어요. 각각 두 번씩 만난 상태.
둘 중 하나로 정해서 만나야죠. 지금도 죄책감
장난 아님. ㅠㅠ 저 원래 어장관리 같은 거
딱 싫어하잖아요. 그런데 어쩌다 보니
소개팅을 연달아 하게 돼서 미안해 죽겠어요.
수정

해정 미안은 무슨. 니가 마더 테레사냐. 모두의 마음까지 챙기게.
연애 초반에는 이기적일 정도로 스스로에게 집중해야 해.
연애 시작하면 어쩔 수 없이 상대방한테 더 집중하게 되어
있으니 말이야. 감정에 비굴해지지 않고 스스로를
가장 깊이 사랑할 수 있는 때가 바로 지금이라고.

그래도 불안해서 안 되겠어요.
빨리 한 명은 정리해야지...
수정

해정 뭔가 착각하나봄.
지금 패는 네가 쥐고 있는 게 아닌데?

수정

해정 지금 두 사람한테 사귀자는 말을 들은 상태가 아니라며?
근데 웬 김칫국 원샷 드링킹이여? ㅋㅋㅋㅋ

헉. 그게 그런 건가요?? ㅜㅜ 수정

해정 그렇다니까. 괜히 둘 중 하나 정리했는데 정리 안 한 쪽에서 연락 딱 끊어버리면? 영혼 바닥까지 탈탈 털림.

근데 만일 둘 다 고백하면 어떡해요? 둘 다 좋은데 아까움~ 각각 따로 따로 오지 왜 남자는 올 때 밀물처럼 오고 갈 때 썰물처럼 빠져나가는 거죠. 왜? 수정

해정 그게 인생이지. 억 소리 나게 몰려들다 헉 소리 나게 달아나는 거.

그럼 최선을 다해서 안 들키도록(?) 노력하면서 둘 다 만나볼게요. 일단 저랑 누가 더 맞는 타입인지 알아봐야겠어요. 수정

**설교** "연애에서 도덕성을 논하지 마라." 가슴 깊이 새겨야 할 말이다. 연애는 그 사람과 나 단 둘의 관계다. 여기엔 좋고 싫음만 있지 옳고 그름은 없다. 아직 관계 정의도 하지 않은 사이에, 상대의 이성관계에 대해 언급하거나 부담을 주는 것은 관계의 발전을 되레 방해한다.

### 나는 도덕적이어야 하지만 연애는 도덕적이지 않을 수 있다

사랑은 그 사람 아니면 안 될 것 같은 마음이다. 그 사람의 하나하나가 다 좋아지고 그 사람과 만날 생각만 해도 가슴이 콩닥콩닥 뛰는 것이다. '저 사람은 여자친구가 있으니 좋아해선 안 돼' 같은 이성적 판단은 할 수 있지만 내 감정은 이미 그를 사랑하고 있을 수도 있다. 감정에는 도덕성이 없다.

생물학적으로 한 사람에게 느끼는 성욕은 만 3년 정도 간다고 한다. 그 이후부터는 정으로 이어가는 관계가 되는 것이다. 인간 자체가 새로운 사람에게 계속 끌리게 프로그래밍되어 있다는 사실을 부정하지 말자. 오히려 그러한 욕망을 인정하고 본인이 그것을 어떻게 받아들일지를 진지하게 생각해보아야 한다. 덮어놓고 나쁜 것, 절대 해서는 안 되는 것이라고 부정할수록 금단의 열매를 먹는 쾌락의 강도가 높아질 뿐이다.

사람들은 남녀관계에서 바람을 피우는 것이 가장 큰 잘못이라고 여긴다. 누군가에게 눈길을 줬다는 사실만으로 다른 잘못에 비해 크게 비난받는 것이 현실이다. 하지만 나는 이것이 너무 단편적인 사고라고 생각한다. 이성에게 받을 수 있는 충격이나 배신은 굉장히 다양하다. 나와의 만남에 집중하지 않을 때, 나를 감정 쓰레기통 취급할 때, 나를 무시할 때, 약속을 마음대로 취소할 때 등등 관계를 해치는 일들은 무척이나 많다. 이런 잘못들도 결코 가벼이 여길 수 없는 일들이다.

### 사랑은 변화하고 움직인다는 것을 기억하라

사실 일부일처제는 특정 문화권의 규칙이다. 정착 사회가 안정화되고 씨족과 가족의 개념이 생긴 사회에서는 일부일처제가 일반적이지만 문화권에 따라 일부다처제, 일처다부제가 여전히 존재한다. 즉, 내가 속해 있는 문화권에서는 타당성을 가지고 있어 모두가 지키는 문화이지만 전혀 다른 문화권에서는 해당사항이 없는 문화이기도 하다는 말이다. 물론 내가 생활하는 문화권 안에서야 존중하고 따라야겠지만, 혹 내 마음이 흔들리고 움직였다고 해서 인간 이하가 된 것마냥 자책할 필요는 없다는 얘기다.

본격적으로 연애를 시작하더라도 이 사람과 죽을 때까지 갈 거라는 환상은 버려라. 사랑은 움직이고, 변한다. 변하지 않는 것은 내가 사랑하는 나뿐이다. 이런 생각이 확고하면 상대에게 몰입할 때와 내게 집중할 때를 구분할 수 있고 또 비굴하지 않은 동등한 연애가 가능해진다. 동등한 연애는 서로에 대한 인정과 존중으로 이어지게 되어 자연히 상대방을 속이면서 하는 행위를 줄어들게 만든다.

마음이 변하고 바람피우고 양다리 걸치고 어장관리를 하는 것은 내가 혹은 상대방이 인간 말종이라서가 아니라 그 연애가 동등하지 않기 때문에 벌어지는 일이다.

연애는 도덕 시험이 아니다. 다만, 도덕적인 걸림돌이 발생하면 그 연애는 분명 점검받아야 한다는 것을 기억하자.

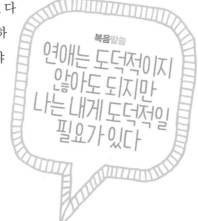

복음말씀
연애는 도덕적이지
않아도 되지만
나는 내게 도덕적일
필요가 있다

♥ Part 5 ♥

# 백전백승 연애를 위한 오답 노트

연애를 망치는 가장 큰 이유는 자기 페이스를 잃어버려서다.
자기 페이스를 잃게 되는 이유는 조급증과 자격지심.
성공하는 연애의 방법론을 아는 것보다 중요한 것은
실패를 부르는 연애의 지뢰와 함정을 피해가는 것이다.

# 연애를 망치는 습관

Chapter 1

심! 쿵!

누나, 주무실 것 같아서 톡만 먼저 남겨요. 오늘 동아리에 새로 가입한 누나가 있는데 그 누나랑 진짜 잘 통하는 거예요. 근데 썸녀한테 미안해서 일부러 그 누나한테 썸녀 얘기하고 막 그랬거든요. 근데 마음이 더 불편해요. 엉엉~ — 동수

해정 — 그래서 잠이 안 오신다?

네... 어차피 둘 다 날 좋아하는 것도 아니고 사귀는 것도 아닌데. 둘 다 좋다는 마음이 스스로 괘씸해서... — 동수

해정 — 드라마 찍냐? 왜 아주 비닷가 혼자 내달리며 으아아아악 소리라도 지르시지.

에휴~~~

으익? — 동수

해정 — 그 누나한테 썸녀 얘기 굳이 왜 함? 말 안 하면 몰랐을 일을~ 묻지도 않았는데 술술 불었네?

더 푼수짓은 그냥 속마음 털어놨음... 사실 누나도 좋다고... — 동수

해정 — 너, 어떤 사람이 좋은 게 아니라 그냥 연애 감정이 고픈 것 같은데?

아~ 그냥 연애하지 말아야겠다 ㅜㅜ — 동수

해정 — 윷놀이 하냐? 왜 결론이 항상 모 아니면 도야! 좀 기다려. 오늘만 살고 죽을래?

어이 상실...

동수

해정 아직 시간 많은데, 왜 그렇게 급하게 너 자신을
다 보이려고 해? 사귀는 사이도 아닌데 뭐 하러?
차라리 그냥 그 누나한테 지금 네 생각을 다 말해.

어떻게요? 동수

해정 직구를 날려. 사실은 누나가 내 이상형이고
대화도 잘 통해서 좋았다. 그런데 누나 만나기 이전에
썸녀가 있었는데, 누나가 워낙 편하게 잘 대해주고
잘 통하다 보니 얘기해버렸다. 내가 선수가 아니라서
대화 주제 선별을 잘못한 것 같은데... 그건 내 잘못이다.

해정 그런데 누나랑 그 썸녀를 걸친 건 정말 아니고
누나를 나중에 만나서 내 딴엔 그래도
썸녀한테 의리를 지킨답시고 선을 그으려고
무의식적으로 행동했던 것 같다.
그런데 아무리 생각해도 누나가 내 이상형이다.
만일 내가 싫다면 받아들이겠지만
이것만은 내 진심인 것을 알아달라.

아 하!

오오! 제 생각이 그거예요. 똑같음. 동수

해정 그래. 꼭 너의 진심을 전해. 아깝잖아.
오랜만에 찾아온 진짜 이상형이라며.

네. 뭔가 그동안 엄청난 걸 놓치고 동수
있었다는 생각이 드네요. 또 톡할게요.

설교　연애를 망치는 이유는 자기 페이스를 잃어버려서다. 자기 페이스를 잃게 되는 이유는 바로 조급증과 자격지심이다. 연애라는 것이 잘될 때도 있고 안 될 때도 있는데 안 되는 그 순간을 참지 못하는 것이다. 그래서 모든 것을 빨리 결정짓고 싶어하다 보니 종국에는 상대방의 기분과 마음을 자기가 통제하려는 우를 범하게 된다.

### 조급증과 자격지심은 연애를 망치는 습관

썸만 100번 타다 끝나는 사람들을 보면 이성과 쉽게 어울리기는 하지만 결정적 한방이 없다. 그리고 관계 진전이나 결정에만 관심이 있어서 상대방을 몰아붙이는 타입이다. 잘 되지 못한 사이라도 나중에 어떻게 될지는 아무도 모르는 거다. 나중에 또 잘될 수도 있으니까 상대의 의견을 존중해 한 발 물러서는 것으로 족한데, 꼭 무 자르듯 마무리를 지어 관계를 결론 내려 한다. 고작 썸인데 상대방을 구속하려는 태도를 보이니 상대는 당연히 갑갑함을 느낀다. 어떤 경우에는 어장까지 정리하는 무모함을 보이기도 한다.

그리고 너무 빠른 결정을 내리지 마라. 관심남녀가 생긴 경우 한 사람한테 적어도 3개월 이상 공을 들일 것을 권한다. 또 썸남

썸녀들끼리도 3개월 정도는 서로를 알아본다는 생각으로 여유를 가지고 관계를 생각하는 것이 좋다. 외모로 상대를 판단하려는 태도 역시 위험하다. 연애위인 중에는 의외로 외모가 평범하고 착해 보이는 타입이 많다. 아무도 의심하지 않아서 들키지도 않는다. 의외로 화려한 외모의 친구들이 의리를 지키는 연애를 할 때도 많고 의심의 눈초리에 고독해하는 것을 많이 봤다.

### 까일 용기가 있어야 연애인이 된다

그렇다면 실수한 동수는 이상형 누나를 포기해야 할까? 관계를 되돌릴 수 있을까? 가능하다. 그 방법은? 사실 특별할 게 없다. 그냥 자신의 생각을 100퍼센트 솔직하게 누나에게 전달하면 된다.

까일 용기가 있어야 연애인이 된다. 왜 결과까지 예측하고 판단하려고 하는가. 동수가 할 일은 그 상황에서 최선을 다하는 것, 그것뿐이다. 어쨌든 확률은 시도하면 50퍼센트지만 그냥 포기하면 0퍼센트다. 상처받는 게 두렵다고? 나중에 고백이라도 해볼걸 하는 미련이 남는 게 더 아픈 일이다.

자존심이란 내 마음의 소리에 귀 기울이는 것이다. 누군가에게 내 마음을 표현했다가 차이는 건 자존심 상하는 게 아니다.

♥♥♥♥♥♥♥♥♥♥♥♥♥♥♥♥♥♥♥♥♥♥♥♥♥♥♥♥♥♥♥

내 자존심을 지키는 일은 그 사람에게 내 마음을 정성스럽게 표
현하는 거다. 선택은 상대방의 몫. 어떤 결과가 와도 받아들일
자세가 되어 있다면, 그래서 조금 용기를 낼 수 있다면 곧 행복
한 연애가 시작된다.

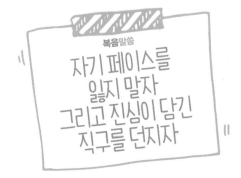

복음말씀
자기 페이스를
잃지 말자
그리고 진심이 담긴
직구를 던지자

♥♥♥♥♥♥♥♥♥♥♥♥♥♥♥♥♥♥♥♥♥♥♥♥♥♥♥♥♥♥♥

# 똥차가 간 뒤에
### Chapter 2
## 또 똥차
## 만날 수 있다

언니~ 동수야~ 수정

Hi 동수

저 궁금한 게 있는데,
남자의 진심은 어떻게 알 수 있어요?
진심인지 아닌지 확신이 안 들어요. 수정

해정 연락이 안 돼?

아뇨. 연락도 잘 되고 정말 잘해줘요.
이번 썸남은 의대생이고 예과 4학년이라
바쁠 텐데도 매끼 문자도 보내주고 그래요.
그런데 뭔가 다른 사람들한테도 다 잘하는 느낌? 수정

해정 남자는 절대 관심없는 사람한테 연락 안 해.
너한테 관심 있음~ 그 남자.

더 무서운 건 제가 자꾸
이 남자한테 집착하게 된다는 거예요,
나는 점점 좋아지는데 이 사람은
아닐까 봐 겁도 나고 ㅠㅠ 수정

뜨악!
너무 집착하는 게 보이면
남자들은 좀 그래. 무서움~;;; 동수

해정 아직 사귀는 사이도 아닌데 집착하거나
구속하려 들면 도망갈 텐데. 불안의 이유가 뭐야?

뜨아

사실 썸남 SNS를 몰래 보다
전 여친 사진을 보게 됐어요. 수정

해정 지쟈스... 판도라의 상자 열었네;; 왜 봤어?

수정 몰라요 ㅠㅠ 밤에 썸남 페북 보다가 뭔가 쎄한 여자애 댓글이 있길래 눈에 불을 켜고 뒤져봤죠. 역시나~ 전 여친이더라고요.

답 답..

동수 에휴~;; 근데 전 여친이 무슨 상관? 지금은 너랑 만나잖아.

수정 사귀는 건 아니잖아. 아직 관계 정의를 안 했으니까. 내가 뚱해 있으니까 썸남은 영문 모르고 계속 당황하고, 나도 그러고 싶진 않은데 나도 모르게 자꾸 시니컬하게 대하게 되고... 저번 썸도 이러다 망했는데ㅠㅠ

아 냐    아 냐

동수 남자는 계속 그러면 지쳐. 나도 전에 좀 집착하는 썸녀 있었는데 무서워서 연락 안 하게 됨. 몇 번 데이트한 사이였는데 화장실 갔다 온 사이에 그 여자가 내 폰에서 여자 번호 다 지웠어.

수정 헉! 어디서 만나도 그런 여자를~ 그나저나 다른 남자는 그냥 잘 안 되면 말지 뭐, 이런 맘이었는데... 이 썸남은 놓치기 싫은 사람이다 보니 더 맘대로 안 돼요.

해정 에효~ 너 세기의 섹스심벌 하면 누가 떠올라?

수정 엥? 갑자기 웬... 어~ 마릴린 먼로?

188                                                    Part 5

해정 〉 응. 근데 세기의 섹스심벌,
섹시한 매력녀의 대명사인 그녀가
사실은 남자한테 엄청 매달리는 스타일이어서
질리게 만들었다는 사실, 알아?

해정 〉 어렸을 때 사랑을 못 받고 자라서 지독한 애정결핍이었거든.
질질 끌고 매달리고... 결국 그녀의 사랑은 다 불행하게 끝났지.
모든 걸 갖추고 누구나 동경했음에도 불구하고.

제 얘기 같아요. 〈 수정

해정 〉 사랑은 주고받는 감정이야.
누구 하나가 질질 끌고 애면글면 매달리면
사랑은커녕 연애도 어려워져.
흔히들 더 좋아하는 사람이 지는 거라고 하잖아?
우스갯소리 같지만 맞는 말이라고.

설교 연애에 실패하는 일이 한 번이면 남 탓일 수 있지만 같은 이유로 반복된다면 그것은 자신의 문제다. 그러므로 반복되는 실패에서 벗어나는 길은 스스로 지나간 연애를 복기하는 것이다. 바둑에서 복기는 가장 중요한 과정이다. 지나간 대국을 다시 지켜보며 뼈아픈 자기반성의 시간을 가지는 것이다. 이런 복기의 시간을 철저히 겪어낸 사람과 남 탓만 하며 지나온 사람은 분명 차이가 난다.

### 똥차를 부르는 사람들의 세 가지 특징

자꾸 똥차를 부르는 사람들에게는 세 가지 특징이 있다. 첫째, 의존적이다. 관계에 집착하고 혼자라는 외로움을 절대 견디지 못한다. 그래서 쉽게 사랑에 빠지고 쉽게 연애하려는 경향이 있다. 그래서 올바른 상대를 찾기보다 빨리 옆자리를 채우려고 사람을 만난다. 외로운 사람은 한눈에 보인다. 외로운 사람 곁에는 벤츠가 아니라 똥차가 달라붙게 마련이다.

둘째, 현재 행복에 집중하지 못하고 오지 않은 미래나 지나간 과거에 빠져 산다. 그들은 현재 본인과 사귀는 이성친구를 믿지 못해 미래에 버림받을까 전전긍긍하거나, 이성친구가 과거에 사귀었던 연인의 소셜미디어를 눈팅하며 끊임없이 자신과 비교하면서 괴로워한다. 현재 행복은 제쳐두고 미래나 과거와 경쟁하는 의미 없는 일에 매달리는 것이다. 그러다 보니 현재의 행복은 나가떨어지게 된다.

셋째, 이른바 답정너다. 답은 정해져 있고 넌 대답만 해. 연애에 기대하는 자신만의 기준과 룰을 다른 사람에게까지 일괄 적용하여 상대방을 구속하는 타입이다.

이 세 가지 중 하나라도 해당된다면 다음 차도 똥차일 확률이 50퍼센트 이상이다. 벤츠를 만나려면 지금의 나를 완전히 바꾸겠다는 결심이 필요하다.

### 1. 관대한 연애 마인드

오픈 마인드는 만고의 진리. 가는 사람 안 말리고 오는 사람 안 막는 열린 마음을 가져라. 새로운 스타일도 만나보고 다양한 사람과 다양한 스타일의 연애를 해봐야 본인만의 연애스타일이 생긴다.

### 2. 자기중심적이고 독립적인 생활

연애에 모든 삶을 걸지 마라. 내 커리어나 인생이 먼저고, 연애나 이성은 그 다음이다. 우선순위가 바뀌지 않도록 할 것.

### 3. 이별을 전화위복의 계기로 삼아라

이별을 했다면 방구석에서 울거나 술만 마시지 말고 새로운 일이나 취미생활을 시작하라. 새로운 인연을 만드는 지름길이면서 동시에 이별의 아픔을 잊어버리게 해주는 방법이다. 심지어 본인 커리어가 업그레이드된다. 이것이 진정 자신을 사랑하는 방법 아닌가?

"똥차 가고 벤츠 온다"는 말은 자신의 지난 연애를 각성하고 스스로를 더 사랑하는 법을 배운 사람에게만 선물처럼 주어지는 진리다.

복음말씀
오늘만 사는
사람처럼
사랑하고
연애하라

# 데이트 비용은 누가?

**동수** 누나. 저 완전 데였어요.
동아리 썸녀 진상 김치녀였음요.

**해정** 응? 김치녀? 그게 모야?

**동수** 남자를 물주로 생각하는 여자요.

**수정** ㅡㅡ

**해정** 어떤 여자길래 그래?

**동수** 데이트 비용은 당연히 제가 내는 걸로 생각하고
명품 선물도 원하는 것 같더라고요.

**수정** 어이상실

**해정** 그게 왜?

**동수** 네? 개념 없는 거지근성이잖아요;;;; 아닌가?

**해정** 그럼 나도 김치녀네.

**동수** 헉? 왜요?

**해정** 나도 남자가 데이트 비용 다 내주면 좋고,
명품 선물해주면 더더욱 좋으니까. ㅎㅎ

**수정** 맞아요. 명품 싫어하는 여자도 있나??

**동수** 누나랑은 다르죠. 누난 커리어도 있고...
김치녀는 자기는 가진 거 하나 없으면서
남자한테 사달라고 조르는 그런 부류예요.

**수정** 그럼 커리어가 없는 학생에 데이트할 때
돈도 안 내는 나는 김치녀겠네?

데이트할 때 돈 안 내? 〉동수

응. 나 거의 돈 낸 적 없는데. 〉수정

헐? 커피도?? 〉동수

커피는 아주 가끔? 내가 내려고 해도 극구 말리던데? 〉수정

개념 좀~!! 커피 값 정도는 내야지. 〉동수

해정〈 뭔 소리? 내고 싶은 사람이 내면 되지.
꼭 누가 낼지 정해야 되나? 여자가 남자한테
경제적 능력을 바라는 것처럼 남자들도
여자한테 바라는 거 많잖아. 예뻐야지,
날씬해야지, 피부도 좋아야지, 친절해야지,
게다가 배려심까지... 끝도 없어요.

그런기... 여튼 남자한테 〉동수
바라기만 하는 여자 진짜 별로예요.

해정〈 핵심은 그게 아닌 듯. 사실 누굴 좋아하게 되면
그 사람한테 쓰는 돈과 시간, 그 자체가 행복이거든.
그런데 그게 아까운 거면 네가 그 썸녀한테 뭔가 바라고 있던 게
충족이 안 되었다는 얘기겠지. 가슴에 손을 얹고 잘 생각해봐.

동수

해정〈 동수야, 백마 탄 왕자가 세상에 존재할까?

아뇨~ 드라마 속 환상이죠. 〉동수

해정〈 그치. 개념녀랑 김치녀도 그래. 해태 같은 거야. 상상 속의 동물.

ㅋㅋㅋㅋ 〉수정

해정〈 외국에서도 데이트할 때 남자가 돈 더 많이 내.
그건 그냥 사람과 사람의 문제야. 김치녀 개념녀 운운할 게 아니라고.
썸녀의 그런 부분이 마음에 안 들면 그냥 안 만나면 돼.
누가 돈을 더 내고 안 내고는 취향과 가치관의 문제야.
그러니 가치관이 맞는 사람끼리 만나면 돼.
굳이 가치관이 다른 사람 바꾸려고 애쓰는 건 시간 낭비인 듯.

설교 가끔은 영화가 사람을 망친다. 〈귀여운 여인〉이라는 영화가 나온 후 많은 여자들이 지갑과 얼굴, 몸매와 매너까지 우르르 풀 옵션으로 갖춘 리처드 기어가 분명 어딘가에 있을 거라 믿게 되었다. 그런 믿음은 환상이 되고, 환상은 다시 미디어에서 다양한 이름으로 나타났다. 때로는 실장님이라는 직함의 남자로, 때로는 "얼마면 돼! 얼마면 되겠니?"라고 외치는 잘생긴 오빠로, 때로는 "나 너 좋아하냐?"라고 툭 던지는 친구의 모습으로 말이다.

그렇게 만들어진 백마 탄 왕자는 안타깝게도 현실의 많은 여자들을 자발적 솔로로 만들었다. 막연하게 그런 사람이 나타날 거라 믿는 꿈꾸는 소녀들. 하지만 그런 꿈은 결국 깨어지게 마련이고 현실은 절대 꿈과 같을 수 없다.

### 영화의 비현실성을 신봉하지 말고 현실을 직시하라

여자가 마음에 들어야 돈을 쓴다? 반은 맞고 반은 틀리다. 마음에 안 들면 데이트조차 나가지 않는 게 남자들의 속성이다. 데이트까지 나왔다면 어느 정도 호감이 있다고 보는 게 맞다. 그런데 돈을 쓰는 스타일은 사람마다 다르다. 여자가 돈 쓰는 걸 좋아하는 사람도 있고, 여자가 단 한 푼도 못 쓰게 하는 사람도 있다. 진리의 케이스 바이 케이스다.

소비는 습관이라 여자든 남자든 쓰던 사람이 쓴다. 김치녀 테스트라든지 남자가 쓰는 돈으로 애정도를 확인하려는 행동은 당장 그만두자. 그런 계산적인 태도는 다 티가 나게 마련이라 상대방에게 불쾌감을 준다.

쓰는 놈은 막노동을 해서라도 쓰고, 안 쓰는 놈은 자기가 합당하지 않다고 생각하면 재벌 3세라도 돈을 안 쓴다.

재력으로 어필하는 사람은 십중팔구 여자가 자기 재력을 보고 접근할까 봐 두려워한다. 외제차 타고 나타나서 자기 재산 얘기만 했으면서 "내 돈 보고 사귈까 무서워"라고 얘기하는 남자들을 보면 가진 거라곤 재산뿐, 외모도 별로고 매력도 없는 경우가 부지기수였다. 재력으로 어필은 하되 순수한 내 모습을 사랑해주길 바라는 모순. 신데렐라를 꿈꾸는 여자만큼이나 답 없는 게 내 모습 있는 그대로를 사랑해줄 순수 요정님을 찾는 남자다.

**연애와 사랑, 그리고 사람에 대한 가치 기준은 스스로 정하는 것**

연애할 때 나에게 아낌없이 투자하던 남자를 보고 진정으로 나를 사랑한다고 믿고 결혼했다가 후회하는 동네 언니 얘기를 한번쯤 들어봤을 거다.

돈을 애정의 척도로 보고 남자를 판단했다가 크게 데이는 일 역시 비일비재하다. 돈은 권력이라 내는 사람이 주도권을 가진다. 돈을 내지 않은 사람은 심정적으로 낸 사람에게 빚을 지게 되기 때문이다. 그리고 돈을 누가 얼마나 내는지는 순전히 본인 판단에 달렸다. 남자가 7 여자가 3, 이런 공식이 정해져 있는 게 아니다.

연애에는 정답이 없다는 걸 빨리 알수록 더 다양하고 즐겁고 행복한 연애 라이프를 즐기게 된다. 데이트 비용도 그렇다. 돈이 어느 정도 가치의 척도가 되는 건 맞다. 그러나 모든 것을 돈과 결부시켜 생각해서는 안 된다.

그런 식으로 연애를 판단하기 시작하면 사람은 더 이상 사람이 아닌 상품으로 가치가 전락해버린다. 사람에게도 등급이 매겨진다. 그런데 사람들은 대부분 타인에게는 매우 엄격한 잣대를 들이대면서 정작 자신에겐 아주 관대한 잣대를 들이댄다. 본인은 평범한 시민이면서 상대방은 원빈이나 전지현 정도 되는 사람이 나와주길 바라는 심보가 바로 그 증거다.

연애가 사람과 사람의 만남이라고 생각하는 사람들에게는 등급이 아무런 상관이 없지만, 사람을 상품처럼 여기는 사람들에게는 등급이 매우 중요해진다. 상품이 될 것인가, 사람이 될 것인

가. 철저하게 본인의 판단에 따르면 된다. 옳고 그른 것은 없다.

복음말씀
사람이 될 것이냐
상품이 될 것이냐
가치관의
문제로다

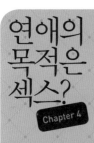

# 연애의
# 목적은
# 섹스?
### Chapter 4

해정 둘 다 요즘 연애하느라 정신들이 없으신가봄?
다들 연락두절... 이러기야?

누나~ ㅋㅋㅋㅋ 동수

수정

해정 진도는 어디까지 나갔다니?

ᄉ... 동수

해정 뭐야. 말 없는 거 보니 수상해.

흐흐..

매주 주말에 만나서 데이트하고, 동수
스킨십도 뭐 어느 정도 ㅋㅋ

해정 사귀기로 한 건 아니고?

서로 호감을 갖고 자연스럽게 만나고 있어요. 동수
이런 게 사귀는 거 아니에요?

해정 그렇지. 그렇긴 한데... 스킨십을 한다고 해서 꼭 사귀는
사이는 아닌 거, 알지? 오픈 연애하는 거야?

오픈 연애요? 동수

해정 응. 서로 관계 정의 없이 자연스럽게 알아가는 거.
서양에서는 이런 관계가 흔하긴 하지.

해정 이런 연애의 장점은 여러 사람을 동시에 만나면서
자신의 마음을 정할 수 있는 거야. 단점은 사귀는 줄
알았는데 갑자기 팽당할 수 있다는 거.

동수 헉;;; 전 당연히 누가 봐도 사귀는 사이처럼
지내니까 사귀는 건 줄 알았어요.

해정 만일 오픈 연애가 목적이 아니라면
타이밍 봐서 '사귀자'라는 말은 해야 할 거야.
막말로 섹스한다고 다 사귀니? 아니지?

수정 사실 전 그게 고민이에요, 연애하면 꼭 자야 해요?
전 나중에 결혼할 사람이랑만 자고 싶어요.

해정 그거야 네 맘이지. 근데 왜 혼전순결을 지키겠다는 거야?

수정 제가 좀 보수적으로 자랐기도 하고...
섹스는 그냥 평생 함께할 사람이랑만 하고 싶어요.^^
다른 사람이랑 해버리면 나중에 결혼할
사람한테 미안할 것도 같고.

부끄 부끄

해정 섹스가 연애 최종 보스임? 지금까지 다른 남자랑
정신적으로 사랑한 건 안 미안하고 섹스한 것만 미안해?

수정 그게요~ 우리 사회가 아직은 좀 그렇지 않아요?
여자가 혼전순결 지켜주길 바라기도 하고...

해정 근데 막 라면 먹고 갈래? 우리 집에 올래? 오빠 믿지?
이런 드립치면서 어떻게든 또 자려고 하는 게 남자 아님?

동수

해정 상대를 고를 때 외모, 성격, 몸매 보는 것처럼
섹스도 그냥 연애할 때의 조건 중 하나일 뿐이야.
만나서 맛집 가기, 대화하기처럼 즐길 거리 중 하나라고.
근데 '섹스'만은 결혼한 뒤에 해? 그것도 여자만?
말이 안 맞는다. ㅋㅋㅋㅋ

그렇네요, 동수
얘기 듣고 보니...

해정 그렇잖아. 바람피운다의 기준도 그 남자나 여자랑 잤나
안 잤나 아냐? 정서적으로 교감한 건 괜찮고?

전 마음 준 걸 알면 같이 못 살 것 같음. 수정
오피스와이프 같은 거 진짜 용서 못함.

해정 뭐, 혼전순결이 나쁘다는 말은 아니야. 아무하고나
자라는 것도 아니고. 하지만 연애는 감정이야.
마음 가는 대로, 내 마음에 솔직하게 반응하는 게
가장 자연스럽지 않을까 하는 거지.

한때 혼전순결이 여자들에게 이득을 주던 때도 있었다. 남자와의 결혼과 사회적 지위가 그것이다. 예전엔 혼전순결을 지키지 않은 여자는 결혼할 수 없는, 파혼의 이유가 됐다. 여러 사람과 섹스를 즐긴 여자는 희소성의 원리에 위배되고 가치 없는 여자로 평가절하되곤 했다. 그런 정절의 대한민국에서 수많은 유흥산업이 발달한 것은 참으로 아이러니하다.

### 여자에게 여전히 순결을 권하는 사회

이제 더 이상 혼전순결은 여자에게 이득을 주지 않는다. 혼전 임신을 혼수라고 칭하는 시대에 순결을 지키는 일은 개인의 선택일 뿐, 사회적으로 꼭 지켜야 하는 필수덕목이 아니다. 그럼에도 여자들이 섹스에 대해 가지는 부담감은 과거와 거의 비슷하다. 무엇이 여자들의 자유로운 성생활을 방해하는 것일까.

여자들이 섹스에 대해 거부감을 느끼는 이유 중 하나는 나를 만나는 목적이 섹스일까봐서다. 나라는 사람을 알고 싶어서 사랑하는 것이 아니라 본능적 쾌락만을 위해 나를 사랑하는 척할까 두려운 거다. 남자의 욕망은 서로에 대해 많은 것을 알기도 전에 절정으로 치달아 빠른 진도를 요구한다. 그래서 섹스라는 목적을 달성하고 나면 버려져 상처받을까 조심스러운 거다.

Part 5

두려울 만도 한 게 아직까지 한국에서는 쾌락의 주도권이 남자에게 있다. 남자는 여러 여자를 만나는 게 흠이 아닌데, 여자에겐 흠이 된다. 여자가 성을 말하면 비난의 대상이 되고 사회생활에 지장을 받는다. 모난 돌이 정 맞는다는 엄숙주의 사회에서 남의 시선을 버티기란 쉽지 않다. 도덕기준은 사회가 변하면 따라서 바뀐다. 이미 서구권에서는 섹스를 넘어 동거도 많이 한다. 연애의 조건 중 하나로 섹스를 자연스레 받아들인 셈이다.

섹스는 수많은 연애의 조건 중 하나다. 즉, 연애가 곧 섹스이고 섹스가 곧 연애라는 동등관계는 결코 성립할 수 없다. 때문에 내가 원하지 않는데 상대가 원한다고 응해줘야 하는 것도 아니고 상대가 원하지 않는데 내가 원한다고 집요하게 요구할 수 있는 것도 아니다.

### 섹스, 할 거라면 똑똑하고 당당하게 하자

그렇다면 연애에 딸려오는 섹스. 언제 어떻게 해야 옳은 걸까. 기준은 한 가지, 본인이 원할 때 원하는 사람과 안전하게 하면 된다. 상대가 원해서, 하지 않으면 도망갈 것 같아서 등등의 이유로 섹스를 허락하지는 말자. 그리고 여자가 나랑 섹스 안 한다고 해서 나를 사랑하지 않는다고 섣불리 판단해서도 안 된다. 우리

나라는 헌법에서 성적 자기결정권을 인정하고 있다. 섹스는 자기기 하고 싶을 때 하는 거다.

주도적이고 건강한 연애와 더불어 괜찮은 성생활을 위해서는 내 가치를 먼저 만드는 것이 중요하다. 나는 반드시 혼전순결을 지킬 거야! 혹은 나는 최대한 많은 사람과 자보겠어! 등은 어쩌면 내가 만든 가치가 아닌 사회가 만든 수많은 관념 중 하나일 수 있다.

내 친구 중 하나는 그 누구보다 가열 차게 노는 아이인데 섹스에 대해서만큼은 완고하다. 그 아이는 "내 아이가 나올 길은 오직 내 아이의 아빠만 들어올 수 있다"는 자신의 신념이 있다. 오래 전부터 좋은 엄마가 되는 것이 꿈이었기에. 그래서 그 신념에 동의해주는 사람과 세상이 닭으로 뒤덮일 정도로 알콩달콩한 연애를 지속한다. 섹스 없이 말이다. 즉 섹스가 꼭 연애의 필수 요소는 아니라는 것이다.

이처럼 바른 연애, 괜찮은 섹스를 위해서는 자신의 관점을 먼저 정리하는 것이 필요하다. 단, 이 관점 정리라는 것이 상대에 대한 폭력이어서는 안 된다.

"너가 날 사랑한다면 노콘(콘돔 없이) 했음 좋겠어"라든지 "날 사랑한다면 1년은 기다려줘야 정상이야"라는 말들은 상대방을 본인의 기준으로 깔아뭉개는 일종의 폭력이다. 데이트 폭력이 다른 게 아니다. 다른 사람한테 정신적으로 강압하고, 강요하는 행위가 모두 폭력이다. Be honest. 본인이 가진 본능과 욕구에 솔직해지자.

> 복음말씀
>
> 러브 이즈 필링
> 러브 이즈 터치
> 가자, 장미여관으로

부담,
연애의
적 Chapter 5

언니! ㅠㅠ 제 친구 고민 하나 들어주실 수 있나요?    수정
친구 남친이 완전 나쁜 남자인데 친구가 못 헤어져요.
얘 좀 정신 차리게 도와주세요!

해정  사연을 얘기해보시오.

그 남자애는 지금 군인이에요.    수정
한 6개월쯤 됐나?? 근데 제 친구가 첫 연애라
그런지 남자한테 완전 끌려다녀요~ㅠㅠ
매주 강원도로 면회 가고 난리도 아니에요.
음식 바리바리 싸가지고. 근데 그 남자애는
제 친구를 넘 함부로 대해요. 말도 너무 막 하고.
제 친구는 그래도 좋대요;;; 진심이 아니라
그냥 하는 말이라나... 언니가 얘기 좀 해주세요.

해정  안타까운 건 알겠지만 내가 무슨 말을 어떻게 해줌?
이미 콩깍지가 씌었는데.

제 친구가 아깝고 불쌍해요 ㅠㅠ    수정

군대 간 남자랑 사귀는 건 아닌데...    동수
제대하면 100퍼 헤어짐.

내 말이~ 지금도 맨날 남자애가 컬렉트 콜하고 장난 아님.    수정
편지엔 뭐라고 썼는 줄 아세요? 자기는 자기관리 안 하는
여자는 싫다면서 살찌면 안 된다. 공부도 열심히 해라
등등등 훈계질 작렬 ─_─

해정  헌신하면 헌신짝 되는데. 근데 얘기해줘봐야
안 들을걸. 결국 헌신짝이 돼봐야 알게 됨.

ㅠㅠ    수정

남자들은 군대에 있는 동안 기다려준 여자 부담스러워해.    동수

해정 아직 어린데 책임감 가져야 할 상황이 싫은 거지.
군대 갔다 오면 생각도 많이 바뀌고...

주변 형들 보면 거의 헤어지더라고요. 동수

해정 원래 사람은 이기적인 거야.
누가 나한테 잘해주면 좋을 것 같지?
너무 잘해주면 막 대하게 됨. 부모님이 우리한테
얼마나 잘해주셔? 근데 고운 말은커녕 막 짜증만 내잖아.
마음은 그게 아닌데 말은 곱게 나가지 않는 거지.

캐공감!! 근데 잘해주는 건 좋은 거 아닌가요? 동수
왜 잘해줘도 난리죠?

해정 그 잘해줌에는 보상을 바라는 마음이
포함돼 있으니까. 내가 이만큼 잘해줬으니까
너도 그만큼 해줘야 해~ 라는
암묵적인 사인이 느껴지잖아.

아 하!

해정 그러니까 적당히~ 후회 안 할 만큼만 잘해주도록!
그게 갑이 되는 길이야. 갑이 뭐냐? 아쉽지 않은 사람이지?
적당히 해줄 만큼 해줘서 아쉽지도 미련 남지도 않는 게 최고야.
무리하게 잘해주면 보상 심리 때문에 본전 생각나거든.
자기가 무리해서 잘해줘놓고 썸남이나 썸녀가
나만큼 안 해줬다고 짜증을 내거나 뚱해 있으면
그럼 어케 되겠냐.

찡끗

그래서 내가 그동안 썸을 말아먹었나? 동수

해정 알면 됐음ㅋㅋ 이제부턴 철저하게
너 위주로 생각하고 아쉽지 않을 만큼만 잘해주기다.

**설교** 〈섹스 앤 더 시티〉라는 미국 드라마가 있다. 브런치 문화, 자유로운 맨해튼의 모습, 성과 사랑에 대한 거침 없는 이야기로 유명한 드라마이다. 〈섹스 앤 더 시티〉에는 네 명의 여자가 나온다. 그중 가장 개방적인 캐릭터가 사만다. 수많은 남자와 섹스를 하고 자신의 모습을 그 누구보다 사랑하는 여자. 일도 사랑도 화끈하게 하고 스타일도 과감한 그런 여자다.

### 나를 사랑할 권리를 남에게 양도하지 말자

드라마의 인기에 힘입어 만들어진 영화에 꽤나 인상적인 장면이 하나 있다. 영화에서 사만다는 자신이 무명일 때 발굴해서 지금은 유명 배우가 된 멋진 연하 남친과 연애를 한다. 그리고 어린 연인이 자신을 사랑이라는 이름으로 구속하려 할 때마다 쿨하게 빠져나온다. 자기는 그런 스타일이 아니라면서.

그녀는 꽃모양의 멋진 보석반지를 자신에게 선물하기 위해 경매에 참석한다. 하지만 익명의 입찰자에게 그 반지를 빼앗겨 실망한 그녀, 그녀 앞에 연하 남친이 그 반지와 함께 나타난다. 깜짝 선물이었던 것. 보통의 여자라면 깜짝 선물에 감동받았을 테지만 사만다는 아니었다. 그녀는 반지를 받는 순간 그에게 구속당한 것처럼 느껴졌다고 친구들에게 말한다. 그 반지는 자신이

직접 스스로에게 선물하고 싶었다고. 그리고 결국 그 일을 계기로 그녀는 연하 남친과의 관계를 고민하게 되고 서로 구속 없이 살자며 이별을 이야기한다.

왠지 반지를 사주지 않았다고 서운해하는 것이 맞을 것 같고, 자기에게 매달리고 잘해주지 않으면 그게 섭섭해서 가슴을 쳐야 할 것 같은데, 사만다는 그렇지 않다. 왜냐! 그녀를 세상에서 가장 사랑하는 건 그녀 자신이었으니까. 그 어떤 연애 앞에서도 당당할 수 있었던 것이다.

연애를 망치는 습관 중 하나는 '부담'이다. 상대방에게 부담을 주는 것도 문제고, 상대의 은근한 압박에 부담을 받는 것도 문제다. 그리고 연애 자체에 너무 많은 부담감을 가지는 것도 연애에 부정적인 요인이 된다. 그러다 보면 어느새 나는 없어지고 자꾸만 상대방의 입장에서만 고민하고 행동하게 된다. '나'가 사라지는 것이다.

**스스로를 사랑하는 게 먼저, 사랑도 연애도 그다음이다**

우리는 누군가를 좋아하면 무언가를 자꾸 해주고 싶어지고 상대의 삶에 자꾸 간섭을 하고 싶어진다. 그런데 그게 상대방이 원하지 않는 행동인 경우에는 결국 안 좋은 결과로 이어진다. 선물을 하는 수준의 간섭이 아니라, 귀가시간을, 옷차림을, 인간관계를 단속하며 부담을 준다. 연인이라는 이유로 사생활을 구속하는 것은 관계를 망치는 가장 빠른 길이다. 심지어 연인도 아닌 썸 타는 사람에게 그런 부담을 준다면 누구라도 한 발짝 물러날 수밖에 없다. 게다가 더 심해지면 내가 주체가 되고, 내가 좋아하고, 나를 위하는 것이 아니라, 상대방의 기준에서만 생각하고 행동하게 된다. 그러다 보면 삶의 무게 중심이 연애 상대에게 쏠리면서 균형을 잃게 되고, 이는 과도하게 상대에게 집착하거나 의존하는 형태로 변질될 수도 있다.

사람은 본래 이기적이다. 자기 자신을 사랑하는 사람은 정신이 건강하다. 반면 나보다 타인을 사랑하는 사람은 상대에게 심리적으로 의존하게 돼 있다. 이런 노래 가사도 있지 않나. '정 주고 마음 주고 사랑도 줬지만 이제는 남이 되어 떠나가느냐.' 헌신하면 차이는 것은 만고의 진리다. 헌신해서 배신하지 않는 것은 나 자신밖에 없다. 연애를 해도 외로운 게 사람이다. 인생은 혼자 가는 길. 홀로 설 줄 알아야 남들과 무난하게 어울릴 수 있다.

**홀로 설 줄 아는 사람이 함께 서는 것도 잘한다**

헌신하는 사람의 특징은 내가 없고 남만 있다. 내가 일구는 미래가 아닌 상대와 함께하는 미래와 행복만 꿈꾼다. 내 미래의 큰 그림조차 남이 없으면 그리지 못한다. 이런 사람은 이별이나 배신의 상처에서 쉽게 벗어나지 못한다. 혼자 서는 법을 모르기 때문이다. 그리고 이런 사람들은 주변에 심정적으로 부담을 줄 수밖에 없다. 헌신하는 부모님의 관심이 고마우면서도 한편으로는 짜증이 나고 답답했던 경험이 있을 것이다. 나를 사랑해주는 것은 좋지만 나에게 거는 지나친 기대와 관심은 부담일 수밖에 없다. 부모님의 사랑은 감사하지만 당연한 것으로 여겨질 때가 많다. 연애를 하면서 똑같은 실수를 반복하는 것은 아닌지, 헌신함으로써 내 부족한 자존감을 보상받으려고 했던 것은 아닌지 스스로를 되돌아봐야 할 것이다. 스스로를 사랑하지 않는 사람은 연애가 순조롭게 진행되지 않기 때문이다.

복음말씀
헌신하면
헌신짝 된다

# 연애 마이너리티 리포트

Closing

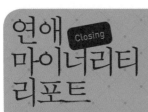

▶그 여자, 수정

**수정** 언니~ 저 남자친구 생겼어요.

**해정** 의대생?

**수정** 네. 어제 고백받았어요.
언니 덕분이에요.

**해정** 거봐. 내가 편하게 있음 될 거라 했잖아.
괜히 설레발친 거 부끄럽지? ㅋㅋㅋㅋ

**수정** 근데 언니~ 저 말할 거 있어요.

**해정** 왜? 사귀기 전에 잤냐?

하하하

**수정** 헉ーー:;;;; 어떻게 알았어요?

**해정** 달리 연애위인이겠니.

**수정** 제가 이렇게 까진 앤 줄 몰랐어요.ㅠㅠ

**해정** 까지긴. 가장 행복한 순간 중 하나를 누리게 된 거지. 좋나?

부끄 부끄

**수정** 네, 생각보다... 언니, 암튼 고맙다는 말 하고 싶었어요.
언니 아니었음 지금의 이런 안정적인 감정을 느낄 수 있었을까 싶네요.

**해정** 아직 멀었어요. 샴페인 터트리기엔 이르다고!
이제 시작이니까... 앞으로 얼마나
많은 고통들이 기다릴지 기대해^^

우쭈쭈
우쭈쭈

**수정** 앍 ㅋㅋㅋㅋ

### ▶그 남자, 동수

동수
누나~ 그 썸녀에게 아무래도
다른 남자가 있는 것 같아요.

해정
쭝내려는 건 아니지?

동수
넵! 누나 말대로 얘는 얘대로 두고
또 다른 사람 만나보려고요.
굳이 내가 나서서 자를 필요는 없으니까.

해정
우리 동수 마이 컸다 잘해또!!

동수
그래서 말인데... 저 교회에서
관심 가는 애가 생겼는데요.
저 말고도 걜 좋아하는 애가 있어요.
저보다 한 살 어린데 둘이 동갑이라 친한
것 같더라고요. 이럴 땐 어떻게 하죠?

해정
천천히 장기적으로 보고 접근해야지.
라이벌 있다고 서두르면 괜히 일 그르친다!

동수
알겠어요.
관찰일기 쓰면서
계속 누나한테
보고할게요!

해정

# 나 자신이 더 좋아지는 즐거움을 맛봐라

새는 투쟁하며 알에서 나온다. 알은 세계다.
태어나려는 자는 하나의 세계를 깨뜨려야 한다.
―《데미안》, 헤르만 헤세

지금까지 문제없이 살아온 나의 삶. 사실은 문제가 있었을지
도 모르지만 모른 척하고 싶었던 내 인생. 이 세계를 깨는 과정
은 두렵고 고통스럽다. 나를 새로 만드는, 또 다른 생명으로 만드
는 행위이기에 쉬울 수가 없다. 지금의 세계에서 벗어나야 새가
될 수 있다. 새는 혼자서 알을 깨고 나올 수 없다. 어미 새와 알
속의 새가 동시에 껍질을 쪼아야 세상에 나올 수 있다. 새가 또
다른 새로운 세계를 만나려면 혼자의 노력도 중요하지만 주변의
도움 또한 필요하다는 의미다.

아직 연애를 하지 못한 당신 역시 알을 깨지 못한 새와 같다.
연애에 자신 없는 당신, 그 알에서 나오라. 요가를 처음 한 날, 어
깨에 담이 들고 일주일 내내 끙끙 앓았던 기억이 있다. 여러분

▲▲▲▲▲▲▲▲▲▲▲▲▲▲▲▲▲▲▲▲▲▲▲▲▲▲▲▲▲▲▲▲▲▲▲▲▲▲▲▲▲▲▲▲▲

또한 비슷한 경험을 했을 것이다. 처음 운동을 시작하면 온몸이 쑤시고 아파서 나와는 맞지 않는다고 결론을 내리고 쉽게 포기하려 든다. 이때 포기하면 평생 운동의 재미와 운동이 주는 혜택을 누릴 수 없다. 하지 않던 것을 했기에 몸에서 반응이 온 것뿐, 적응하면 기분 좋은 에너지와 호르몬을 내주어 건강한 삶을 영위할 수 있게 된다. 연애도 이와 같다.

나는 몇 년 전의 내 모습을 떠올리며 이 책을 썼다. 당신이 연애라는 새로운 세계를 경험하도록 최대한 자세하게, 내가 가진 노하우 모두를 이 책에 담으려고 했다. 당신에게 힘이 되고 싶었다. 연애는 본능적인 끌림 외에 나를 더 발전시키는 아주 강한 원동력이 된다는 사실을 같이 경험하고 나누었으면 좋겠다. 진정한 사랑은 나 자신을 더 사랑하고 좋아하게 만든다. 연애는 절대 한번에 성공할 수 없다. 수없이 많은 실패를 경험하고 나서야 진정한 사랑을 할 수 있게 된다. 왜냐하면 수많은 실패를 통해서 '좋은 인연을 보는 혜안'이 생기기 때문이다.

사랑에 도전하라. 행복한 연애가 무엇인지 당신도 맛봐라. 나 자신이 더 좋아지는 기분을 느껴봐라.

# 어서 와, 연애는 처음이지?

초판 1쇄 인쇄 2016년 5월 13일
초판 1쇄 발행 2016년 5월 20일

지은이 장해정 펴낸이 연준혁

출판 3분사 편집장 오유미
기획 이진아컨텐츠컬렉션

펴낸곳 (주)위즈덤하우스 출판등록 2000년 5월 23일 제13-1071호
주소 경기도 고양시 일산동구 장항동 846번지 센트럴프라자 6층
전화 031)936-4000 팩스 031)903-3893 홈페이지 www.wisdomhouse.co.kr

ⓒ장해정, 2016
값 12,800원 ISBN 978-89-5913-016-0 03810

국립중앙도서관 출판시도서목록(CIP)

어서와 연애는 처음이지 : 연애 좀 해본 언니가 알려주는 단
기간에 연애고수로 거듭나는 법 / 지은이: 장해정. — 고양
 : 위즈덤하우스 : 예담, 2016
  p. ; cm

표제관련정보: 포기가 익숙해진 청춘들에게 전하는 연애지상 만개!
ISBN 978-89-5913-016-0 03810 : ₩12800

연애[戀愛]

591.7-KDC6
646.77-DDC23                    CIP2016011078